Martina Wildner
Liebe Isolde!

Martina Wildner

Liebe Isolde!

Roman

BELTZ
& Gelberg

Martina Wildner, geboren 1968 im Allgäu. Nach einigen Semestern Islamwissenschaften in Erlangen studierte sie an der Fachhochschule Nürnberg Grafikdesign. Sie lebt als freie Malerin und Autorin in Augsburg. *Liebe Isolde!* ist ihre erste Buchveröffentlichung.

Der vorliegende Roman wurde als Fortsetzungsroman für das Kindermagazin DER BUNTE HUND geschrieben. Für die Buchausgabe wurde er leicht überarbeitet.

www.beltz.de

Lektorat Barbara Gelberg
Neue Rechtschreibung
Einband von Rothfos & Gabler, Hamburg
Einbandfoto © Photonica
Gesamtherstellung
Druckhaus Beltz, 69494 Hemsbach
Printed in Germany
ISBN 3 407 80892 5
1 2 3 4 5 07 06 05 04 03

Liebe Isolde!

Seit zwei Stunden sitze ich nun hier und trinke immer noch denselben Kakao. Er darf niemals leer werden, denn sonst schmeißen sie mich raus. Und das darf nicht passieren, denn draußen ist es kalt. Ich hab nämlich fast kein Geld mehr. Erst war ich im Bahnhof und hab mir das Morgenmagazin auf dem großen Bildschirm angesehen. Ich hab allerdings nicht viel verstanden, weil es im Bahnhof so laut war. Wo die Leute alle hinfahren! Ich würde auch gern wo hinfahren, aber wie gesagt, ich hab kein Geld.

Um neun bin ich in den Dom und hab Engel angeschaut. Ein Engel wäre ich gern. Mama meint, Engel sein ist langweilig, weil man den ganzen Tag Harfe zupfen und singen muss. Ich glaube, Engel zu sein ist ziemlich cool.

Mama erzählt viel Zeug. Heute Morgen hat sie zum Beispiel gesagt, dass sie nach San Francisco fliegt und vielleicht dort bleibt. Papa hat sie daraufhin angeschrien. Dass sie wohl spinnt. Und so weiter. Ich bin dann gleich abgehauen. Wenn er schon morgens so drauf ist!

Langsam kriege ich Hunger. Ich hätte gern die Chicken-Dings. Mama hat gesagt, das sei gar kein echtes Fleisch, dabei war sie noch nie hier. Außer zum Pinkeln. Sie geht hier immer zum Pinkeln hin, wenn sie in der Stadt ist. Mama würde hier nie essen. Sie isst nur gesunde Sachen aus dem Bioladen. Mit dem Rest vergiftet man sich, behauptet sie. Papa lacht sie dann immer aus. Und sie fangen an zu streiten. Dafür finden sie immer einen Grund. Wahrscheinlich will Mama deshalb nach San Francisco.

Wir müssten jetzt Latein haben und dann Mathe und dann Deutsch. Aber ich habe eh keine Hausaufgaben gemacht. Und die Lateinarbeit kriegen wir auch zurück. Papa wartet nur auf eine schlechte Note. Damit er einen Grund zum Toben hat. Ich bleibe hier. Man kann hier fast immer sein. Erst um vier Uhr früh wird geschlossen und um sechs schon wieder geöffnet. Die zwei Stunden muss man halt draußen herumlaufen.

Gerade haben sich drei Typen neben mich gesetzt. Ein bisschen älter als ich. Sie albern rum, lachen und essen Rühreier mit Schinken. Ham & Eggs steht auf der Speisekarte. Der eine verschwindet. Nach einer Weile kommt er aus der Damentoilette. Die anderen lachen laut. Was er auf dem Weiberklo gemachte habe. Was wohl, sagt er. Jetzt lachen sie noch lauter, weil er immer noch nicht kapiert hat, dass er auf dem falschen Klo war. Ich glaube, die sind alle besoffen. So früh schon. Mein Kakao ist ganz kalt und besteht nur noch aus Satz. Pappsüß.

Mama hat's gut. Die kann einfach nach San Francisco abhauen, wenn's ihr reicht. Ich komme nicht mal aus dieser stinkigen Stadt raus. Jetzt läuft ein Penner hier herum und sammelt Becher von den Tischen. Wozu er die wohl alle braucht? Die drei Typen sind weg. Dafür sitzt ein anderer da. Der isst so Chicken-Dinger. Ich sollte ihn fragen, wie die schmecken.

Ich *habe* ihn gefragt. Er hat mich angegrinst und wollte wissen, ob ich hungrig bin. Nein, nein, hab ich gesagt, ich hätte so was bloß noch nie gegessen. »Kannst das Zeug haben«, hat er geantwortet, »ich mag's nicht.« Er hat mir die Packung in die Hand gedrückt und ist gegangen. Ich hab die Dinger probiert. Ich weiß nicht, ob Mama Recht hat. Mein Kakao ist besser.

Der Lateinlehrer ist ein Mistkerl. Er hat gesagt, dass ich durchfalle, wenn ich so weitermache, dabei ist noch nicht mal ein halbes Jahr vorbei. Da kann sich noch alles ändern.

Draußen schneit es. Riesenflocken, untertassengroß. Wenn es schneit, strecke ich immer die Zunge raus und warte, dass eine Flocke auf die Zunge fällt. Dann wundere ich mich, dass Schnee nach gar nichts schmeckt. Nicht mal nach Wasser. Nur kalt.

O Gott, diese Musik. Sie wird auch immer schlechter. Jetzt spielen sie die Spice Girls. Immer noch. Die sind doch schon längst getrennt. Und essgestört. Mama hat sich einen alten Spice-Girls-Kalender auf dem Flohmarkt gekauft. Weil sie die gut findet. Nicht die Musik, aber die Mädels. Mama benimmt sich wirklich kindisch. Mama sagt, die Spice Girls sind so lebensfroh. Woher sie das wohl weiß? Außerdem glaub ich nicht, dass Essgestörte besonders lebensfroh sind. Das einzig Coole an den Spice Girls ist, dass sie berühmt sind.

Ich wäre auch gern berühmt. Dann hätte ich sicher weniger Stress. Jedenfalls keinen mit der Schule. Und meine Eltern könnten sich auch nicht mehr so aufführen. Weil es dann bestimmt in der *Bravo* stände, wenn meine Eltern fies zu mir sind. Aber wahrscheinlich hätte ich andere Probleme. Zum Beispiel, dass unser Briefkasten ständig überfüllt mit Liebesbriefen wäre. Aber das ist eigentlich kein großes Problem. Papa könnte einen größeren montieren und Mama und ich würden die Fanpost beantworten.

Papa hat Mama wegen des Kalenders ausgelacht. Kurz darauf haben sie wieder gestritten. Über die Spice Girls! Und den Kalender. Mama ist auch zu dumm. Ich würde Papa nie erzählen, was ich gut finde. Weil er über alles lacht. Oder er schimpft und sagt, ich soll lieber Latein lernen, statt dumme Musik zu hören oder ständig Serien im Fernsehen zu gucken.

Gerade fällt mir etwas ein. Wenn ich lange genug hier sitze, kommt bestimmt mal jemand vorbei, den ich kenne. Mama hat gesagt, wenn man lange genug am Piccadilly Circus in London sitzt, kommt irgendwann die ganze Welt vorbei. Das glaub ich nicht. Bestimmt kommt nicht jeder Kirgise oder Ghanaer mal eben beim Piccadilly Circus vorbei.

Trotzdem. Ich bleib mal hier sitzen. Man weiß ja nie, was kommt.

Nun ist es etwas später. Ich habe eine Schreibpause eingelegt, weil was echt Aufregendes passiert ist. Stell dir vor: Es haben sich so ein Typ und eine schicke Frau neben mich gesetzt. Der Typ aß Unmengen Pommes, die Frau stocherte im Salat rum. Ständig piepte das Handy und der Typ telefonierte ununterbrochen mit vollem Mund. Die Frau hat nach dem Essen zu rauchen angefangen. Das heißt, sie wollte es, aber sie hatte kein Feuer. Da sah ich am Nebentisch ein Feuerzeug. Ich nahm's und reichte es rüber, was mir gleich superpeinlich war, weil das Feuerzeug die Form einer nackten Frau hatte. Mit Po und Busen und allem. Die Frau lächelte mich an. Ich war wahrscheinlich knallrot. Sie rauchte und schaute immer wieder zu mir rüber. Sie starrte mich richtig an. Als der Typ zu telefonieren aufhörte, flüsterte sie mit ihm, dann sahen sie beide zu mir. War an mir irgendwas komisch? Ein Kakaorand um den Mund und alles voller blauer Punkte?

Ich kam gar nicht dazu, weiter darüber nachzudenken, was mit mir sein könnte, denn schon hatte mich die Frau angesprochen. Ob ich schon mal gemodelt hätte, hat sie gefragt. Ich riss die Augen auf. »Ich???« – »Ja. Du siehst super aus«, sagte die Frau. Ich konnte nur den Kopf schütteln. Da hielt sie mir schon ihr Kärtchen hin. Irgendwas von einer

Modelagentur stand da drauf. Der Typ guckte mich ganz begeistert an. »Ich sag dir was«, raunte er der Frau zu, »das wird die neue Kate Moss.« Wieder wurde ich knallrot. Ob sie mich veräppeln wollten, fragte ich. »Nein, wirklich. Aus dir ließe sich was machen. Komm doch mal in unserer Agentur vorbei. Wir brauchen natürlich ordentliche Fotos von dir. Für die Sedcard.« Für die Sedcard. Ich habe keine Ahnung, was das ist. Klingt aber ziemlich wichtig. Die beiden hatten es dann sehr eilig. Sie spendierten mir noch einen Kakao und eine Apfeltasche. »Ruf uns an und lass uns einen Termin machen. Und keine Angst. Wir meinen es ernst.«

Dann sind sie verschwunden. Sie waren so plötzlich weg, wie sie gekommen waren. Aber es sah hier mit einem Mal ganz anders aus. Alles war in helles Licht getaucht. Die Girlanden glitzerten und alle Menschen lächelten mich an. Bin ich so schön? dachte ich. Der Kakao schmeckte wie Göttertrank und mein absolutes Lieblingslied wurde gespielt, *Bongo Bong*. Ich nahm noch einen letzten Schluck vom Kakao, dann konnte ich nicht mehr sitzen. Wie hatte ich es hier überhaupt so lange ausgehalten? Ich fühlte mich leicht wie eine Feder und alle meine Sorgen waren sonstwo. Hatte ich überhaupt je welche gehabt?

Man muss bloß lange genug herumsitzen, dann trifft man auf alles Glück der Welt. Ich werde berühmt! Also hab ich mein Zeug zusammengepackt und bin zur Haltestelle gegangen. Kurz bevor die Straßenbahn kam, fasste ich noch mal mit der Hand in die Jackentasche, um das Kärtchen zu fühlen. Doch da war kein Kärtchen. Ich fasste in die andere Tasche, in die Hosentasche, in das Seitenfach der Schultasche. Kein Kärtchen. Ich ließ die Schultasche auf den Boden fallen. Wo war das Kärtchen? Noch mal fasste ich in alle Taschen, leerte die Schultasche aus, doch es war weg. Und die Straßenbahn auch. Sie verschwand im Schneegestöber.

Ich bin dann wieder zurück. Vielleicht lag das Tablett ja noch da und vielleicht hatte ich das Kärtchen darauf liegen gelassen. Das Tablett war bereits abgeräumt. Ich habe den Abfall durchwühlt und bin mir dabei wie ein Penner vorgekommen. Schließlich habe ich mich wieder auf meinen Platz gesetzt. Da sitze ich immer noch. Ohne Kakao. Das Licht ist nun nicht mehr so hell und die Girlanden muss in der Zwischenzeit jemand abgenommen haben. Vielleicht haben sie nie da gehangen.

Ich muss an Mama denken. Vielleicht fliegt sie diesmal wirklich nach San Francisco. Papa wird langsam echt böse sein. Hausaufgaben habe ich wieder keine gemacht.

Deine Nora

P.S. In meiner Schultasche war zum Glück noch eine Briefmarke!

E-Mail

Liebe Isolde!

Toll, dass du jetzt eine E-Mail-Adresse hast. Da brauch ich nicht immer anzurufen und zu hoffen, dass du selber am Apparat bist und nicht dein Bruder, der sowieso immer sagt: »Nööö, die ist nicht da«, und dabei halb einschläft, oder deine Mutter, die immer sagt: »Ich weiß nicht, ob Isolde gerade für dich Zeit hat.«

Es ist echt blöd, dass du nicht mehr bei mir in der Schule bist. Mit dir war alles besser. Aber jetzt denk bloß nicht, das ist eine Liebesmail.

Eigentlich war es sogar recht schlau von dir, die Schule zu wechseln, denn hier bei uns geht es drunter und drüber. Der Lateinlehrer zerbeißt pro Stunde vier Kulis – aus Verzweiflung über uns. Ich zerbeiße zwar keine Kulis, aber besonders glücklich bin auch ich nicht, weil ein paar Ziegen aus meiner Klasse so gemein sind. Weißt du, was sie sagen? Dass meine Mama Telefonsex macht. Bloß, weil sie Telefonumfragen macht. Und der Lateinlehrer glaubt das wohl und hat am Elternsprechtag zu Papa gesagt: »Kein Wunder, dass Ihre Tochter Schwierigkeiten in der Schule hat, bei so einem Elternhaus.« Papa war total sauer deswegen und hat gemeint, vielleicht wäre es besser, ich würde in eine andere Schule gehen. Mama sagte bloß: »Vielleicht sollte man einfach weg von hier. Nach San Francisco.« San Francisco hat sie sich in den Kopf gesetzt.

Ich muss nicht gleich auswandern. Eine andere Klasse würde mir schon reichen. Mit dir zusammen.

Deine Nora

E-Mail

Liebe Isolde!

Du schreibst, ich soll mir nichts aus dem Geschwätz machen. Haha.

Was du über deine neue Schule erzählst, klingt auch nicht so berauschend. Wahrscheinlich hat das Schule einfach so an sich. Sag mal, können wir uns treffen? Ich weiß schon, dass das deine Mutter nicht gerne sieht, wenn du mit mir zusammen bist. Aber ich würde dich so gern mal wieder sehen. Ich bin am Dienstag um 15.00 Uhr am Kiosk im Park.

Deine Nora

E-Mail

Liebe Isolde!

Ich Vollidiot. Ich hatte ja ganz vergessen, dass du am Dienstagnachmittag Ballett hast. Erst hab ich mich ganz schön geärgert, dass du nicht gekommen bist. Du hättest mir schon noch Bescheid sagen können! Oder hast du selber vergessen, dass du Ballett hast? Würde mich nicht wundern, bei deinem Terminkalender.

Ich habe also im Park gesessen und habe mich geärgert, aber nach einer Weile ist mir deine Ballettstunde eingefallen und ich hab mich auf den Heimweg gemacht. Und da ist was echt Lustiges passiert:

Der Weiher im Stadtpark ist ja zugefroren, und da hab ich eine Wette mit mir gemacht: Wenn das Eis hält und ich heil über den Teich komme, dann wird alles gut. Es hat ziemlich geknackt beim Rübergehen. Aber ich hab's geschafft.

Nun wird alles gut. Ich weiß zwar nicht genau was, aber das macht nichts.

Halt mich jetzt bloß nicht für komplett wahnsinnig, weil ich über das Eis gegangen bin. Es kann nicht wirklich was passieren, weil der Teich nicht tief ist. Papa sagt, das Wasser geht nur bis zum Bauch. Dann geht es mir vielleicht bis zum Hals. Da ertrinkt man nicht.

Plötzlich kam ein Polizeiauto mit Blaulicht und Tatütata angefahren. Das Auto raste mitten durch den Park, einfach über die Wiese und durch die Beete, und schließlich über den zugefrorenen Teich. Mitten im Teich ist das Auto eingebrochen und total schnell gesunken. Die Enten haben schadenfroh gequakt. Die Polizisten kletterten fluchend aus den Fenstern. Patschnass.

Natürlich war gleich eine Menschenmenge da und ein Fotograf von der Zeitung. Das Foto war heute drin. Ich bin auch drauf, weil ich Zeugin war. Ich weiß zwar nicht für was, aber ich wurde richtig vernommen. Schau mal in die heutige Zeitung! Da kannst du mich sehen. Vielleicht werde ich ja doch noch berühmt.

Deine Nora

Liebe Isolde!

Jetzt hab ich mich wirklich ewig nicht mehr gemeldet. Aber ich war auch sauer. Weil du nie schreibst. Aber ich schreib dir, weil jetzt vielleicht wirklich alles gut wird. Weißt du noch, wie ich über den Teich gegangen bin? Und was ich mit mir gewettet habe?

Also, erstmal bin ich nicht durchgefallen. Ich hab's dem blöden Lehrer gezeigt. Der mit seinem Elternhaus! Ich hab einfach jeden Tag zehn Wörter gelernt. Aber richtig. Nicht bloß so nebenbei, bei MTV gucken oder kurz vor dem Einschlafen. So richtig richtig. Ich hab eine Zwei gekriegt. Papa war richtig stolz. Und außerdem bin ich auf einer großen Reise.

Du errätst bestimmt gleich, wo ich bin. An allem ist natürlich meine verrückte Mutter schuld. Aber Schuld ist vielleicht das falsche Wort. Wieder mal verfluche ich, dass mich meine Eltern erst Latein lernen ließen, Englisch hab ich erst seit einem guten Jahr, und ich weiß gar nicht, ob mich jemand versteht. Weil meine Sitznachbarin Orangensaft bestellt, sage ich auch: »Oränschtschuus, plies« (meine ersten englischen Worte außerhalb von Deutschland) und es funktioniert. Ich sitze nämlich im Flugzeug und besuche Mama.

Mama ist schon seit Wochen fort. Sie holt mich in San Francisco ab, hat sie am Telefon gesagt. Hoffentlich ist sie pünktlich. Mama ist oft unpünktlich. Und einmal, das ist jetzt schon fast sechs Monate her, ist sie gar nicht gekommen. Ich kam aus der Schule und Papa hat für uns gekocht. Das macht er immer, weil er arbeitslos ist. Ich hatte eigentlich überhaupt keine Lust, nach Hause zu gehen, denn wir hatten die Mathearbeit zurückbekommen und ich hatte eine Fünf. Papa kriegt bei schlechten Noten immer miese Laune, viel miesere als ich. Er sagt, dass man als Schüler möglichst gute Noten braucht, damit man nie arbeitslos wird. Ich weiß nicht, ob das was miteinander zu tun hat, denn ich kenne eine Menge Leute, die in der Schule ganz schlechte Noten hatten und jetzt nicht arbeitslos sind. Albert Einstein, zum Beispiel. Der war, glaub ich, nie arbeitslos und hatte immer schlechte Noten. Papa sagt, das stimmt nicht. Das habe mal irgendwann ein schlechter Schüler erfunden und jetzt glaubt es die ganze Welt. Egal.

Papa findet, dass ich gute Noten haben muss, und deshalb hatte ich ein schlechtes Gewissen und habe Papa alles Mögliche von der Schule erzählt, zum Beispiel, dass sich Chris den Zeh gebrochen hat, weil er Johannes treten wollte, aber den Tisch getroffen hat. Und dass der Lehrer erzählt hat, dass Affen zu 98% dieselbe DNA haben wie Menschen. Papa fragte daraufhin, ob ich wisse, was die DNA sei. Ich konnte es ihm nicht genau sagen, obwohl der Lehrer es erklärt hat. Ich glaube, es hat was mit Erbmaterial zu tun. Auch egal. Jetzt fliege ich nach San Francisco und besuche Mama.

Papa hatte jedenfalls Pfannkuchen mit Blaubeerquark gemacht. Die Pfannkuchen lagen auf dem Teller und wurden kalt und schlaff. Weil Papa auf Mama warten wollte. Beim Frühstück hatten die beiden ganz furchtbar gestritten. Mama hat geheult. Dabei streiten sie nur über Quatsch.

Als Mama um halb drei noch nicht da war, hat Papa die Pfannkuchen in die Mikrowelle gestellt. Da wurden sie zwar wieder warm, aber noch schlaffer. Papa hat sieben Pfannkuchen gegessen. Ich drei. Ich glaube, Papa war nervös. Wenn er nervös ist, isst er immer so viel. Und ganz hastig. Eine Stunde später war Mama immer noch nicht da.

Wenn Mama und Papa streiten, schreit Mama manchmal, sie haue ab nach San Francisco. Ich weiß nicht, wie sie ausgerechnet auf San Francisco kommt, aber ich glaube, sie denkt, da sei die Welt besser. Einmal hat sie von einer Frau gelesen, die in San Francisco auf der Straße sitzt und Flecken abzeichnet. Ölflecken, geschmolzene Eiscreme, Hundehäufchen, alles, was eben Flecken macht. Später, im Atelier, malt sie die Flecken auf Bilder. Die verkauft sie dann in Massen, weil alle Bilder mit Flecken von den Straßen von

San Francisco haben wollen. Und jetzt ist sie reich. Vielleicht denkt Mama, sie könnte dort auch reich werden. So wie die Goldgräber vor hundert Jahren.

Ich habe vorhin von der Stewardess ein Tablett bekommen. Sie lächelte mich an und ich habe mich gefreut. Aber ich habe sie beobachtet. Sie lächelt alle an. Auch die Nervensäge neben mir. Auf dem Tablett waren lauter Plastikschälchen. Es gab Truthahn mit Pilzen und Nudeln. Auf der Karte steht das in Französisch und Englisch und klingt ganz toll.

Mama isst keinen Truthahn, weil sie im Fernsehen mal gesehen hat, wie Truthähne gemästet werden. Die kriegen so viele Hormone, damit sie eine tolle Brust mit viel Fleisch bekommen. Und weil die Brust so schwer ist, kippen sie ständig nach vorne um und brechen sich den Schnabel. Ich esse trotzdem Truthahn. Aber nicht mehr so gern wie früher.

Meine Nachbarin ist schlecht gelaunt, sie findet das Essen beschissen. Sie wollte eigentlich mit der *Swissair* fliegen, aber *Swissair* ist ja pleite. »Bei der *Swissair*«, sagt sie, »gab es richtig gutes Essen. Und außerdem hat man mehr Beinfreiheit.« Das sei wichtig, weil man bei Langstreckenflügen an Thrombose sterben kann. Sagt sie. Das macht mir Sorgen. Ich weiß zwar nicht, was Thrombose ist, aber ich möchte nicht daran sterben. Außerdem sagt die Frau, *Air France* sei echt die blödste Luftfahrtgesellschaft, weil die *Air France* immer streikt. Was will die Frau eigentlich? Heute streikt die

Air France nicht und wir sind sogar pünktlich losgeflogen. Die Frau meckert weiter und ich höre schon gar nicht mehr hin. Die Stewardess hat das Tablett dann endlich abgeräumt. Jetzt hab ich wieder Platz, um dir zu schreiben. Zwischendurch schaue ich zum Fenster raus, aber man sieht nur Wolken. Der Pilot sagte, wir fliegen über Grönland. Das würde ich gerne sehen.

Mama kam und kam nicht. Ich habe dann Hausaufgaben gemacht. Papa saß ständig neben mir und wollte wissen, ob ich alles kann. Nach der Mathearbeit fragte er zum Glück nicht. Er wurde immer nervöser und ich konnte mich gar nicht konzentrieren. Es war nun schon halb fünf. Um fünf muss Mama zur Arbeit. Mama arbeitet seit neuestem für ein Marktforschungsinstitut und befragt Leute, welchen Radiosender sie hören und ob sie Alkohol trinken, und wenn ja, welche Sorte. Wen das interessiert? Weiß nicht, aber sie verdient damit Geld. Manchmal holt Papa sie spät abends ab, aber in letzter Zeit nicht mehr so oft, weil sie ja ständig Streit hatten. Und immer, wenn Mama mit San Francisco anfing, wurde Papa sauer. »Was willst du denn in San Francisco? Da gibt's doch nur Erdbeben«, schimpfte er dann. Mama sagte dann, das nächste größere Beben würde erst in 80 Jahren erwartet.

»Warum gibt es da immer Erdbeben?«, habe ich gefragt. Papa hat erklärt, dass San Francisco auf der Sankt-Andreas-

Verwerfung liegt. Das ist da, wo die Kontinentalplatten aufeinander treffen. Und weil die pazifische Platte und die amerikanische Platte aneinander vorbeirutschen, gibt es immer wieder Erdbeben. 1906 zum Beispiel war so eines. Da ist fast ganz San Francisco zerstört worden, aber nicht mal so sehr wegen des Bebens, sondern weil die Gasleitungen gerissen sind und alles abgebrannt ist. »Und da willst du hin!«, sagte Papa zu Mama. Mama war beleidigt.

Jetzt muss ich aufs Klo. Aufs Klo gehen ist im Flugzeug immer anstrengend. Erstens kommt man so schlecht an den Leuten vorbei, zweitens ist die Toilette so oft besetzt. Aber ich muss aufstehen, weil Gehen gut gegen Thrombose ist. Hat die Nachbarin gesagt. Aber die schläft und ich kann nicht raus. Langsam nervt mich der Fensterplatz, weil man eh nichts sieht außer Wolken und ständig die Sonne reinscheint. Es ist nämlich den ganzen Flug hindurch Nachmittag, hat mir die Frau erklärt, weil wir mit der Erddrehung fliegen. Deswegen ist es noch taghell, obwohl es auf meiner Uhr schon 21.00 Uhr ist. An der Frau komme ich nicht vorbei, ohne sie zu wecken, aber das will ich nicht, sonst meckert sie auch mich noch an.

Kurz nach fünf hat Papa versucht, Mama bei der Arbeit anzurufen. Aber Mama war nicht bei der Arbeit. Papa rauchte noch mehr, es war alles schon total verstunken und ich öffnete das Fenster. »Vielleicht ist Mama ja nach San Francisco geflogen.«

»So ein Quatsch«, hat Papa darauf geantwortet. Aber er schaute ganz finster drein. Wahrscheinlich befürchtete er selber so was. »Nein, nein«, erklärte er. »So was macht sie nicht. Sie muss doch arbeiten.«

Die Frau ist inzwischen aufgewacht und jammert, dass im Flugzeug alles so eng sei und sie nicht schlafen könne. Dabei hat sie sogar geschnarcht. Sie ist dann aufgestanden, um ein wenig herumzugehen. Ich bin gleich aufs Klo.

Papa hat schließlich beim Flughafen angerufen und eine Durchsage machen lassen. Dass Frau Henning bitte zur Information kommen soll. »Wenn sie sich in einer halben Stunde nicht gemeldet hat, rufe ich alle Krankenhäuser an.« Wie soll sie sich melden, wenn sie schon längst im Flugzeug sitzt, habe ich mir gedacht, aber nichts gesagt. Ich bin ins Bad gegangen, um nachzusehen, ob Mamas Zahnbürste noch da ist. Das ist natürlich Blödsinn, man kann auch in San Francisco Zahnbürsten kaufen. Aber Mamas Zahnbürste stand im Becher, neben Papas und meiner, und ich dachte, was ist, wenn Mama nie mehr wiederkommt? Ich schnupperte an Mamas Parfüm. So riecht Mama. Vielleicht rieche ich Mama nie wieder, und ich nahm ihren Lippenstift und malte mir die Lippen an. Sieht albern aus bei mir.

Bei Mama sieht es gut aus. Ich habe mich auf den Badewannenrand gesetzt und beschlossen, dass in spätestens fünf Minuten die Badezimmertür aufgeht und Mama zu mir sagt: »Nimm nicht immer meinen Lippenstift.« Oder dass das Telefon läutet, Mama von der Arbeit anruft und Papa bittet, dass er sie um Mitternacht abholt. Die fünf Minuten sind vergangen, aber nichts war passiert. Ich dachte, wenn man sich ganz fest was wünscht, dann geht es auch in Erfüllung. Wahrscheinlich habe ich mich nicht genug konzentriert.

Nach einer Stunde hat Papa tatsächlich in sämtlichen Krankenhäusern angerufen. Mama war nirgends. Natürlich war ich froh, dass sie nicht im Krankenhaus ist, aber dann hätten wir wenigstens gewusst, wo sie steckt. Es wurde immer später. Papa hat ganz vergessen, mich ins Bett zu schicken. Wir haben uns vor die Glotze gesetzt, aber ich habe keine Ahnung, was wir angeschaut haben, weil wir immer an Mama gedacht haben. Ich glaube, ich bin dann eingeschlafen.

Papa hat mich plötzlich geweckt. Im Fernsehen kam gerade eine Sendung über Sex. Papa war ganz grau im Gesicht, aber irgendwie schien er erleichtert. »Ich muss Mama abholen«, sagte er. »Sie sitzt am Flughafen, hat den letzten Bus verpasst und hat kein Geld für ein Taxi.«

»Warum ist sie denn auf dem Flughafen?«, fragte ich blöde.

»Was weiß ich!« Papa hat das richtig böse gesagt, als könnte ich was dafür, dass Mama am Flughafen sitzt. Er ist sofort aus dem Wohnzimmer gestürmt, um seine Jacke und den Autoschlüssel zu holen. »Darf ich mit?« fragte ich. »Von mir aus.«

Wir fuhren also Mama abholen. Sie war völlig aufgelöst und betrunken. Sie hat tatsächlich nach San Francisco gewollt, aber natürlich so schnell keinen Flug gekriegt. Deshalb ist sie ins Aussichtscafé des Flughafens gegangen und hat Rotwein getrunken. »Echt kalifornischen«, betonte sie. Eigentlich wollte sie so lange am Flughafen bleiben, bis das nächste Flugzeug ginge, aber das wäre erst morgen. Eine Nacht am Flughafen war Mama zu lang, vor allem, weil sie so viel getrunken hatte. Sie ist schon verrückt. Das hat sie auch gesagt. Als Entschuldigung. Aber ich war ihr nicht böse. Nur froh, dass nichts passiert war. Dann hat Mama geweint. Papa hat sie nach Hause gefahren und ins Bett gebracht. Sie ist sofort eingeschlafen. Am nächsten Tag haben die beiden lange geredet. Am Nachmittag sind wir dann ins Reisebüro und haben für Mama im Juni einen Flug nach San Francisco gekauft und für mich einen im August, wenn ich Ferien habe. Und wenn ich nicht sitzen bleibe. Papa muss daheim bleiben und Arbeit suchen. Ich weiß auch nicht, wo Mama plötzlich das viele Geld für die Flüge hergenommen hat. Sonst hat sie nie welches.

Ich habe geschlafen und Grönland verpasst. Aber dafür habe ich die Hudson-Bai gesehen. Jetzt ist schon mehr als die Hälfte des Flugs vorbei. Ich melde mich wieder aus San Francisco. Bis bald.

Deine Nora

Liebe Isolde!

Ich sitze gerade an der Golden Gate Bridge, aber ich sehe sie nicht, weil es so neblig ist. Mama sehe ich auch nicht, sie ist mal wieder verschwunden.

Ich sag dir, entweder komme ich zurück und ich habe Nerven wie Drahtseile oder du kannst mein Grab in San Francisco besuchen! Der Flug war ja noch ganz angenehm. Ich war fast ein wenig traurig, als er vorüber war, ich wollte gar nicht ankommen. Wenn man ankommt, ist man da. In der Luft ist man noch dazwischen.

Angefangen hat mein Drahtseilnerventraining am Flughafen. Der Flughafen von San Francisco sieht wie ein riesiges Wohnzimmer aus, alles ist mit Teppich ausgelegt. Trotzdem fand ich es nicht besonders gemütlich, denn ich hatte Müsli dabei. Was an Müsli so schlimm ist? Ich hatte kurz vor der Landung erfahren, dass es strengstens verboten ist, Getreide in die USA einzuführen. Mama hatte das Müsli bestellt, weil sie sagt, dass es in Amerika kein vernünftiges Müsli gibt, nur so künstliches Zeug mit viel Zucker. Ich verstehe Mama nicht ganz, sie raucht und trinkt, aber im Müsli darf kein Zucker sein! Na, egal. Ich musste jedenfalls mit dem Müsli durch den Zoll, und ich hatte das Gefühl, ein Schild um dem Hals zu tragen, auf dem ganz groß »Müsli« stand. Jeder musste es mir sofort ansehen, dass ich Getreide im Gepäck hatte. Mir war vor Aufregung ganz schlecht. Am liebsten hätte ich gleich alles zugegeben, aber dann hab ich ein ganz unschuldiges Gesicht aufgesetzt. Die Zollbeamten waren freundlich, lächelten mich an und haben mich durchgelassen. Einfach so. Und ich bin mir ganz toll vorgekommen, so, als hätte ich ganz Amerika ausgetrickst.

Aber dann ging die Aufregung gleich weiter, weil Mama nicht da war. Sie hatte geschrieben, sie würde am Ausgang warten. Hahaha. Alle wurden abgeholt, die in meiner Maschine gesessen hatten, nur ich nicht. Eigentlich habe ich mich nicht besonders gewundert, dass Mama nicht da war, sie kommt ja immer zu spät, aber nach einer Dreiviertelstunde habe ich mir doch Sorgen gemacht. Vielleicht war ja was passiert. Wenn ja, was sollte ich tun? Ich hatte zwar eine Telefonnummer, aber keine Dollars zum Telefonieren. Ich habe mich also darauf eingerichtet, die Nacht am Flughafen zu verbringen, als Mama plötzlich angerannt kam. »Da bist du ja!«, rief sie, als ob *ich* zu spät gekommen wäre. Mama war hektisch, weil ihr Wagen im Halteverbot stand. Im Auto hat sie sich eine Zigarette angezündet und ist schnell losgefahren. »Das Auto ist der einzige Ort in den Staaten, wo man ungestört rauchen darf. Sogar in manchen Parks ist es verboten.« Mama und ihre Raucherei! Ich habe nichts dazu gesagt, habe nur zum Fenster rausgeschaut und bin mir wie in einem amerikanischen Film vorgekommen, weil hier wirklich alles so aussieht, wie man es aus den Filmen kennt. Seltsam. Plötzlich sagte Mama: »Meine Süße! Herzlich willkommen. Wie war dein Flug? Bist du müde? Hast du Hunger? Ist dir warm genug?« Ich wusste nicht, was ich antworten sollte, und Mama fragte gleich weiter. »Hast du Geld?«

»Ja.«

»Wie viel?«

»250 Euro.«

»Keine Dollars?«

»Nee, aber man kann doch tauschen.«

»Jetzt nicht mehr.« Es war schon Abend. Mama hat eine Pause gemacht. Warum wollte sie wissen, ob ich Geld habe? »Mir ist nämlich mein Geld geklaut worden und ich habe seit Tagen nichts gegessen. Ich habe nur noch Katzenfutter.« Ich hab schon mal Katzenfutter probiert, aber nicht aus Hunger, sondern weil ich wissen wollte, wie es schmeckt.

In der Stadt sah auch alles aus wie im Film. Es geht tatsächlich ständig rauf und runter. Auf schnurgeraden Straßen. Mama hat vor einem Laden gehalten. Wir haben Nudeln, Tomatensoße, Salat, Milch, Cornflakes und eine Flasche Wein in den Korb gelegt. Dem Verkäufer hat Mama einen 50-Euro-Schein unter die Nase gehalten, und der hat das Geld angeschaut, als käme es vom Mars. Dann hat er es Mama zurückgegeben. Er kennt Mama wohl, deswegen hat er sie anschreiben lassen. Als wir draußen waren, fragte ich: »Hätten wir nicht was Amerikanisches kaufen können?«

»Amerikanisches Essen ist schrecklich. Außer Sushi und Tacos.«

»Aber das ist doch nichts Amerikanisches.«

»Eben drum.«

Dann war es nicht mehr weit. Mama hat vor einem gelben Holzhaus geparkt, die Haustür aufgesperrt, vor der zusätzlich ein Eisengitter war, und hat meinen Rucksack nach oben geschleppt. Im Wohnzimmer hat sie ihn abgestellt. »Hier schläfst du«, erklärte sie und zeigte auf die Couch. Die Couch war ganz nett, auch der Kamin. Der Rest des Wohnzimmers war eher eine Katastrophe. Überall Klamotten, alte Zeitungen und schmutziges Geschirr, alles durcheinander. Auf dem Tisch lagen braune Papiertüten, und es hatte sich ein See gebildet, weil was ausgelaufen war. Bier wahrscheinlich. Jedenfalls hat es so gerochen.

Wir haben dann gleich angefangen zu kochen. Mama musste wirklich halb verhungert sein. Überhaupt hat sie ungesund ausgesehen. Sie hatte sich die Haare rot gefärbt, allerdings ziemlich schlampig. Außerdem war sie dünner geworden. Und älter. Vielleicht kam mir das auch bloß so vor, weil ich sie eine Weile nicht gesehen habe. Sie hatte ein Batik-T-Shirt an und ausgefranste Jeans. Ich glaube, Mama meint, in San Francisco muss man wie ein Hippie aussehen. Aber das mit den Hippies ist ja 30 Jahre her. Vielleicht muss sie was nachholen.

Während Mama kochte, habe ich den Müll im Wohnzimmer ein wenig beiseite geschoben. Dann haben wir mit den Tellern auf den Knien vor dem Fernseher gegessen. Es kam eine Sendung über Polizisten, die Frauen und Kinder vor bösen Verbrechern retten. Mama hat die Spaghetti verschlungen, ohne sich die Mühe zu machen, sie mit der Gabel aufzurollen. Ich hätte gern mit ihr geredet, aber ich wusste nicht was. Sie kam mir so fremd vor. Außerdem hätte ja auch *sie* was sagen können. Weil wir beide nicht wussten, was wir sagen sollten, haben wir eben geschwiegen. Dabei hätte mich schon interessiert, in was für einer Wohnung wir jetzt sind, wem das Auto gehört, was sie hier die ganze Zeit so treibt oder ob sie Freunde hat. Was man eben so wissen will. Aber mein Mund war wie zugenäht. Nicht mal zum Essen hab ich ihn richtig aufbekommen. Ich habe mich zurückgelehnt und auf den Fernseher gestarrt. Dann muss ich wohl eingeschlafen sein.

Als ich wieder aufgewacht bin, war Mama weg. Im Fernsehen lief eine Art Harald-Schmidt-Show. Ich habe eine Weile zugeguckt und mich gewundert, dass Mama nicht wiederkam. Deshalb habe ich die Wohnung durchsucht, aber Mama war nirgendwo. Ich bin runtergegangen, vor die Haustür. Vielleicht war sie ja draußen. Ich schaute die dunkle Straße entlang. Es war aussichtslos, hier zu warten, und ich wollte wieder hoch. Doch das verdammte Eisengitter war zugefallen. Ich habe daran gerüttelt, aber es hat nichts genützt. Dann habe ich auf die Klingel gedrückt, was nicht besonders sinnvoll war, denn Mama war ja nicht da. Ich läutete mindestens zehn Mal. Und während ich so klingelte, bin ich furchtbar wütend geworden. Auf Mama, auf San Francisco, auf ganz Amerika, weil hier so blöde Eisengitter vor der Tür sind. Was wollte ich hier überhaupt? Mama besuchen? Die war ja nicht ansprechbar! Sehenswürdigkeiten anschauen? Die kann man auch auf Fotos sehen.

Ein Auto mit lauter Musik fuhr vorbei. Ich bekam noch mehr Wut. Die hatten es gut, konnten bei lauter Musik durch die Stadt gondeln. Rauf und runter. Und ich hockte da. Es war ziemlich windig, und ich wäre am liebsten ganz weit weg gelaufen und nie mehr wiedergekommen. Vielleicht würde ich in zehn Jahren mal wieder bei Mama und Papa in Deutschland vorbeischauen und sie in meine Villa in Hollywood einladen. Ich habe aber bloß wie angewachsen vor dem Haus gestanden und hab mich gefürchtet. Doch dann hatte ich eine Idee. Papa hat mir mal erzählt, dass sich im Gehirn neue Nervenverbindungen bilden, wenn man Angst hat. Dann fällt einem was ein. Was Neues. Und mir ist was eingefallen. Nämlich, dass amerikanische Häuser Feuertreppen haben. Das wusste ich aus den Filmen. Das Haus war von allen Seiten ziemlich eingebaut. Nur auf einer Seite gab es einen schmalen Spalt, durch den ich mich mit angehaltener Luft gezwängt habe. Ich sag dir, so einen Gestank hab ich noch nie erlebt. Als ob alle Penner der Stadt den Spalt als Klo benutzten. Im Hinterhof war wirklich eine Feuertreppe! Ich bin hochgestiegen, und es kam mir vor, als würde ich zu den Sternen klettern. Und wer saß auf dem Balkon im zweiten Stock? Mama. Sie hat mich völlig entgeistert angesehen. »Wo kommst du denn her?«

»Ich habe dich gesucht.«

»Ich war auf dem Balkon.«

»Wie soll ich wissen, dass es hier einen Balkon gibt? Du hast mir ja noch nicht mal die Wohnung gezeigt.«

»Ich dachte, du bist zu müde.«

»Bin ich auch. Deshalb gehe ich jetzt ins Bett.« Ich wollte schon hineingehen, da sagte Mama: »Wart mal. Setz dich noch ein bisschen zu mir.« Ich war froh, dass Mama mich aufgehalten hatte und hab mich zu ihr gesetzt. Wir haben eine Weile die Lichter der Stadt angeschaut. Ich hab ihr erzählt, wie ich mich ausgesperrt habe und dass mich die amerikanischen Filme gerettet haben. Mama kicherte. »Da drüben hat übrigens Sharon Stone ihr Appartement«, sagte sie, »aber seit ich hier bin, war noch keinmal Licht. Sie ist nie da. Ist doch albern, eine Wohnung in San Francisco haben und nie darin zu wohnen!« Mama lachte, und ich hab mit ihr gelacht. Über Sharon Stone, über Eisengitter vor Türen und die ganze Welt.

Deine Nora

P.S. Du kannst mir auch schreiben. Wirklich. Und wenn du mir wegen irgendwas böse bist, dann sei's doch bitte nicht mehr. Hier meine Adresse:

Nora Henning
c/o Julio DiLasso
134 Pine Street
San Francisco CA 94102

Liebe Isolde!

Du kriegst meine erste Postkarte! Ich hab sie bei unserem Laden um die Ecke gekauft, da wo Mama anschreiben darf. Der Händler ist total nett und nennt mich immer »my sweet little girl«. Er kommt aus dem Nahen Osten, und ich verstehe ihn gut, weil er auch nicht richtig Englisch spricht. Er legt mir auch immer was Süßes in den Korb.

Deine Nora

Liebe Isolde!

Wieder eine Postkarte von unserem Laden ums Eck. Es gibt leider keine große Auswahl. Nur die Golden Gate Bridge in allen Variationen. Vielleicht sehe ich sie ja mal wirklich. Ohne Nebel.

Deine Nora

Lieber Papa!

Uns geht es gut. Ich schick dir eine Karte von der Golden Gate Bridge, obwohl ich sie noch nie gesehen habe. Es ist hier an der Bay oft neblig. Oder windig. Aber du magst ja Wind. Bald schreib ich dir mehr.

Deine Nora

Liebe Isolde!

Jetzt bin ich schon fast eine Woche in San Francisco, und eine meiner ersten Erkenntnisse ist, dass man hier so ziemlich alles mit der ASV-Formel erklären kann. ASV hat nichts mit dem Alpinen Sportverein zu tun, sondern heißt einfach: Alle sind verrückt. Nur ich nicht. Das wäre dann die NIN-Erweiterung. Außerdem habe ich festgestellt, dass es ziemlich egal ist, wo man sich langweilt. Vielleicht kann man sich in San Francisco sogar besonders gut langweilen. Das liegt aber, glaube ich, nicht an San Francisco, sondern daran, dass ich hier zu Besuch bin. Am meisten habe ich mich immer gelangweilt, wenn wir bei meiner Oma zu Besuch waren. Dann musste ich brav am Tisch sitzen und den Erwachsenen zuhören. Und die erzählen ja nur langweiliges Zeug, von Krankheiten und so. Hier muss ich allerdings nicht so furchtbar brav sein, und zuhören muss ich auch nicht, weil ich es gar nicht kann. Ich versteh einfach nichts. Mit meinen paar Worten kann ich gerade mal erklären, dass San Francisco schön ist. Das sage ich immer, wenn mich jemand danach fragt, obwohl ich noch gar nicht viel gesehen habe. Und obwohl ich mir gar nicht sicher bin, ob San Francisco wirklich so schön ist.

Zu allen Verständigungsschwierigkeiten kommt noch der etwas verschobene Tagesrhythmus meiner Mutter hinzu. Sie schläft bis um drei Uhr nachmittags. Wenn sie es schafft, innerhalb von zwei Stunden zu duschen, zu frühstücken und sich anzuziehen, unternehmen wir was. Aber meistens bleiben wir in der Wohnung kleben, weil sich gegen Abend die Wohnung mit einer Menge Leute füllt. Außer Mama und mir wohnen hier nämlich José und Julio. Die sind aber tagsüber immer weg, weil sie studieren. José ist Künstler und macht Kunstwerke aus Plastikrasen und Zahnbürsten. Mama meint, er will damit was über den Zerfall der westlichen Zivilisation aussagen. Sein ganzes Zimmer quillt über von abstrusem Plastikmüll. Julio studiert Jura und findet die Todesstrafe gut. Hoffentlich wird er nie Richter. Wenn die beiden sich unterhalten, verstehe ich so gut wie nichts, denn sie sprechen entweder ein fürchterliches Englisch oder Spanisch.

José und Julio kommen meistens gegen Abend nach Hause und bringen Freunde mit. Dann ist Party, die ganze Nacht. Und Mama mittendrin. Ein paarmal war ich auch mit dabei, aber so richtig spaßig war es nicht. Vielleicht, weil ich einfach nicht mitreden kann und sich niemand um mich kümmert. Die meisten Gäste fragen mich zwar, wie ich heiße, und finden mich süß, aber das vergessen sie über Nacht wieder und fragen am nächsten Tag von neuem. Wir kommen nie weiter mit unseren Gesprächen. Kennst du den Film »Und täglich grüßt das Murmeltier«? Wo einer immer wieder am selben Tag aufwacht und immer wieder dieselben Dinge geschehen? So ähnlich komme ich mir hier vor. Alle fragen immer dasselbe und jeder Tag ist gleich. Wenn ich über San Francisco eine Geschichte schreiben müsste, könnte ich nur von dieser Wohnung berichten. Den Rest müsste ich aus dem Reiseführer abschreiben.

Das alles hat sich inzwischen geändert. In der größten Langeweile, die mich etwa gegen zehn Uhr vormittags überfällt, bin ich nämlich auf die Idee gekommen, spazieren zu gehen. Auf Mama zu warten hat einfach keinen Sinn. Also habe ich mir Mamas Wohnungsschlüssel genommen, habe Proviant und was zu lesen eingesteckt und mich auf den Weg gemacht. Hier kann man sich zum Glück kaum verlaufen, weil alle Straßen schnurgerade sind und, jedenfalls weiter draußen, durchnummeriert sind. Zuerst bin ich die Straße, in der wir wohnen, einfach immer weiter nach Westen gegangen. Nach anderthalb Stunden war ich am Meer, am Pazifik. Hier hört Amerika auf und es kommt erst mal tausende von Kilometern nur Wasser. Komischer Gedanke.

Heute bin ich schon etwas wagemutiger gewesen und wollte ein Viereck gehen, aber schon nach einer halben Stunde war ich ziemlich erledigt, weil es immer bergauf ging. Deshalb habe ich mich in einem Park auf eine Bank gesetzt und Leute beobachtet. Dabei ist mir aufgefallen, dass Leute mit Fotoapparat, die wahrscheinlich Touristen sind, vorzugsweise eine ganz bestimmte Stelle aufsuchen. Ich habe mir das eine ganze Weile angesehen, bis ich selber zu der Stelle gegangen bin. Und jetzt weiß ich, warum alle dahin rennen und fotografieren: weil San Francisco von dort aus wie im Reiseführer aussieht. Leute mit Fotoapparaten sind wahrscheinlich Touristen. Leute ohne Fotoapparat hingegen haben Kampfhunde dabei. Du weißt schon, die hässlichen mit der langen, schiefen Schnauze und den kurzen Beinen. Mir fällt gerade nicht ein, wie sie heißen. Jedenfalls sind Kampfhunde hier ziemlich in Mode. Ich habe dann ein wenig gelesen. Plötzlich sagte eine Stimme neben mir: »Hey, du liest ja ein deutsches Buch!« Ich habe mich ziemlich erschrocken, weil ich überhaupt nicht damit gerechnet hatte, angesprochen zu werden. Und schon gar nicht auf Deutsch. Ein Junge stand vor mir. Er war ungefähr so alt wie ich und trug eine Baseballmütze und ein T-Shirt mit einem Furcht erregenden Dinosaurier drauf. Darüber stand »Weedeater«, und ich habe ein paar Sekunden überlegt, was der Dino wohl frisst. »Sowas«, sagte der Junge. »Da bin ich seit ein paar Stunden in San Francisco, und die Erste, die ich kennen lerne, liest ein deutsches Buch. Du bist wohl aus Deutschland?« Ich habe genickt.

»Ich bin aus Wien. Bin mit meinem Vater hier.«

»Und ich mit meiner Mutter.« Wir lachten.

»Und was machst du hier so?«, wollte er wissen.

»Spazieren gehen.«

»Sonst nichts?«

»Was soll ich denn noch tun?«

»Naja, in San Francisco kann man bestimmt eine Menge erleben.«

»Was tust *du* denn hier?«, habe ich gefragt.

»Nichts, mich langweilen.«

Ich war beruhigt. Das geht also anderen auch so. Der Junge hat seine Baseballmütze abgenommen und sich damit Luft zugefächelt. »Aber ich bin erst gestern angekommen und mein Vater hat noch zu tun. Ihm gehört das Hotel da drüben«, fuhr er fort. Der Junge zeigte auf ein hellblaues Haus auf der anderen Seite des Parks. »Ist ein Hotel für Schwule«, erklärte er. »Mein Vater ist nämlich schwul.« Ich war verblüfft.

»Wieso bist du dann auf der Welt? Ich meine, wenn dein Vater …«

»Mein Vater ist sogar verheiratet. Aber er ist schon seit zwei Jahren in San Francisco und heute besuche ich ihn das erste Mal.« Er hat seine Baseballmütze wieder aufgesetzt.

»Und wie findest du's hier?«, wollte ich wissen.

»Lustig. Vor allem Papas Freunde.«

Gerade, als ich fragen wollte, wie er heißt, rief eine Stimme vom Hotel her »Tooom!«, und der Junge sagte: »Ach du Schande, mein Vater. Ich muss rüber. Vielleicht sehen wir uns ja noch mal.« Und Tom rannte davon. Ich sah Tom immer kleiner werden, bis er in der Tür des Hotels verschwunden war.

Zum Weiterlesen hatte ich jetzt keine Lust mehr. Stattdessen bin ich nach Hause gegangen. Gestern bin ich von meinem Spaziergang gut gelüftet und erschöpft heimgekommen, aber heute, heute bin ich richtig gut gelaunt. Mir ist das Genialste passiert, was überhaupt passieren kann. Ich bin jemandem begegnet, der genauso alt ist wie ich, den ich verstehe, und ich weiß seinen Namen und wo er wohnt. Ich habe mir sogar den Namen vom Hotel gemerkt: *Michelangelo.* Auf dem Heimweg hatte ich Lust, zu singen, aber mir fiel bloß das Biene-Maja-Lied ein. Das gibt's doch nicht, dachte ich. Da bin ich in San Francisco und singe blöde Kinderlieder!

Als ich wieder zu Hause war, war es ungefähr zwei Uhr nachmittags. Mama hat immer noch geschlafen. Natürlich. Ich habe mich durch den Müll gekämpft, der sich von der letzten Party in der Wohnung angesammelt hatte, und habe beschlossen aufzuräumen. Habe Müll eingesammelt, Bierlachen weggewischt, abgespült und gestaubsaugt. Auch im Bad habe ich sauber gemacht. Das ganze Waschbecken war voller winziger, schwarzer Haare. Die müssen von Julio sein. Der rasiert sich immer. Im Gegensatz zu José, der in seinem Gesicht ein richtiges Gestrüpp hat. Aber dass Julio mal auf die Idee käme, seine Bartstoppeln wegzuputzen! Papa putzt immer seine Bartstoppeln weg. Weil Mama die kleinen Härchen eklig findet. Hier scheint sie das nicht zu stören.

Keine Ahnung, was in mich gefahren war, normalerweise räume ich freiwillig kein Stück auf. Zur Unterhaltung habe ich die Stereoanlage eingeschaltet und die Marilyn-Manson-CD angehört, die gerade im CD-Player lag. Obwohl Marilyn Manson mit seinem Krach die ganze Wohnung erfüllt hat, ließ sich mein Ohrwurm nicht vertreiben. Biene Maja war stärker …

Pünktlich um drei ist Mama dann aufgestanden. Mit verquollenen Augen ist sie in die Küche gestolpert und hat nach der Kaffeemaschine getastet. Sonst habe immer ich ihr Kaffee gekocht. Nur heute hatte ich es vergessen. »Gar kein Kaffee da?«, krächzte Mama. »Scheiße.« Sie verschwand ins Bad. So schnell verwöhnt man seine Eltern! Man muss da echt vorsichtig sein. Jedenfalls war meine gute Laune mit einem Schlag dahin. Da räume ich die ganze Wohnung auf und was sieht sie? Dass kein Kaffee da ist! Eben hatte ich noch vor, Mama von dem Wiener Jungen mit dem schwulen Vater zu erzählen, aber jetzt hatte ich gar keine Lust mehr dazu. Schlecht gelaunt habe ich Kaffee aufgesetzt. Ich weiß auch nicht, warum ich das gemacht habe, Mama hat das überhaupt nicht verdient!

Als Mama aus dem Bad kam, hat sie einigermaßen vernünftig ausgesehen. Sie hatte ihre Brille auf und sagte: »Oh Mann, wer hat hier aufgeräumt? Hab ich vorhin gar nicht gesehen. Du weißt ja, ohne Brille bin ich blind wie ein Maulwurf.« Ja, das hatte ich vergessen. Man kann ihr einfach nicht richtig böse sein. Aber das mit Tom erzähle ich ihr trotzdem nicht!

Den Rest des Nachmittags habe ich damit verbracht, in den Yellow Pages das Hotel Michelangelo zu suchen. Mir ist übrigens eingefallen, wie diese Kampfhunde heißen: Es sind Mastinos.

See U

Deine Nora

Liebe Isolde!

Und gleich noch eine Postkarte hinterher: Du wirst dein Zimmer bald mit der Golden Gate Bridge tapezieren können. Der Verkäufer grinst schon, wenn ich komme.

Deine Nora

Liebe Isolde!

Jetzt schreibe ich dir schon wieder, dabei habe ich meinen letzten Brief an dich erst vor ein paar Stunden aufgegeben. Es ist nämlich schon wieder alles ganz anders. Du wirst es nicht glauben, aber ich liege in einem hellblauen Himmelbett, und wenn die Ursache dafür nicht so unglücklich wäre, könnte ich tatsächlich glauben, ich wäre im Himmel. Es ist inzwischen zwei Uhr morgens, doch schlafen kann ich nicht. Ich bin viel zu aufgeregt. Deshalb schreibe ich dir jetzt. Auf himmelblauem Briefpapier. Ich habe mich umgesehen. Es gibt in diesem Zimmer so gut wie keinen Gegenstand, der nicht himmelblau ist. Hier »Ich-sehe-was-was-du-nicht-siehst« zu spielen wäre die Hölle. Sogar der Fernseher ist himmelblau. Und der Teppich ist so flauschig, dass man bis zu den Knöcheln darin versinkt.

Wie ich in dieser himmelblauen Welt gelandet bin? Daran ist wieder einmal Mama schuld. Oder ich. Ach, ich weiß nicht. Es ist ja auch egal. Doch ich will dir von Anfang an berichten:

Als ich die Wohnung aufgeräumt hatte, habe ich für Mama und mich Pfannkuchen mit Ahornsirup gebacken. Wir waren richtig gut gelaunt. Mama hat singend vor dem Spiegel herumgetanzt und Klamotten anprobiert. Etwa eine Stunde lang. Erst hat sie sich die Haare hochgesteckt und ein dunkelrotes, samtig schimmerndes Kleid mit Spaghettiträgern angezogen, dann geblümte Schlaghosen und ein schulterfreies, enges Top und dann einen orangen Minirock aus Lack und ein transparentes Oberteil. Man konnte ihren schwarzen BH durchsehen.

Ich hätte nicht gedacht, dass Mama solche Kleider hat. San Francisco hat wirklich eine seltsame Wirkung auf Mama. Daheim läuft sie eher schlampig herum. Dann ist sie an mir vorbeigetanzt und hat mich gefragt: »Na, wie sehe ich aus?« Sie musste das von mir wissen, denn sie hatte ihre Brille abgelegt, weil sie sich mit der Brille so hässlich vorkommt. Ich wusste gar nicht, was ich auf ihre Frage sagen sollte, so anders hat sie ausgesehen. Gar nicht wie meine Mutter, eher wie meine große Schwester. Außerdem waren mir ihre Vorbereitungen nicht geheuer. Das sah ziemlich nach Ausgehen aus und das wiederum hätte für mich nur einen weiteren Abend allein bedeutet. Ich habe also etwas halbherzig ihr Aussehen gelobt, aber das wollte sie gar nicht hören: »Du musst *ehrlich* sagen, wie ich aussehe.« Und weil ich immer schlechtere Laune bekam bei dem Gedanken, allein bleiben zu müssen, habe ich einen furchtbaren Fehler gemacht. Ich habe sie angesehen und gesagt: »Du siehst aus wie eine Nutte.«

Mama trug den orangen Lackminirock, schwarze Nylonstrumpfhosen und Stöckelschuhe. Die Lippen hatte sie sich dunkelrot angemalt. Sie wirkte wirklich ein bisschen so. Ich meine, ich habe noch nie eine echte Nutte gesehen, aber die im Fernsehen sehen so aus. Trotzdem. Ich hätte das nicht sagen sollen. Es ist manchmal echt komisch. Ich sage Sachen, die ich nie im Leben sagen will, und höre mir dabei zu. Denke noch, halt's Maul, Nora, doch den Teufel tu ich.

Und Mama war beleidigt. Aber so richtig. Sie hat sich die Kleider vom Leib gerissen und hat in Unterwäsche vor mir gestanden. Wütend, halb nackt und halbblind. Sie hat mich angeschrien: »Auf deine Kommentare kann ich verzichten!« Damit ist sie ins Bad. Aber sie stürmte gleich wieder heraus und hat mich weiter beschimpft: »Und wegen deiner idiotischen Aufräumerei finde ich meine Kontaktlinsen nicht!« Ich war mir, was die Kontaktlinsen betraf, keiner Schuld bewusst. Ich hatte sie nicht angerührt. Wie könnte ich? Die Kontaktlinsen sind Mamas Heiligtum, sie geht nie ohne sie aus dem Haus, und nur Papa und ich wissen, wie sie mit Brille aussieht. Mama ist in der Wohnung herumgerannt und hat versucht, wenigstens ihre Brille zu finden. In diesem Augenblick hat es an der Tür geläutet. Mama hat sich einen Bademantel übergeworfen und rannte los: »Das sind sie«, japste sie. Mama ist die steile Treppe runter zur Wohnungstür gelaufen und da ist es passiert.

Sie muss wohl gestolpert sein. Jedenfalls hat es auf einmal laut gerumpelt. Einen Moment lang habe ich gar nichts gehört. Dann hat Mama geschrien. Ich bin aufgesprungen und die Treppe runtergerannt. Das Treppenhaus ist ziemlich dunkel und ich konnte Mama nicht sehen. Nur hören. Wimmern. Mama lag unten vor der Wohnungstür. »Scheiße«, jammerte sie. »Mein Bein! Steh nicht so blöd rum und mach die Haustür auf!« Ich habe getan, was sie sagte. Das Licht von der Straßenlaterne draußen fiel auf Mama. Sie war käseweiß. »Sind sie da?«, fragte Mama. »Es ist niemand da«, habe ich geantwortet und die Tür wieder zugeworfen.

Dann habe ich ihr geholfen, aufzustehen, doch sie konnte nicht auftreten. Mit meiner Hilfe ist sie die Treppe hinaufgerobbt. Oben angelangt, hat sie sich auf den Treppenabsatz gesetzt und ihr Bein ausgestreckt. Da stimmte was nicht. Ihr Unterschenkel sah aus, als hätte er zwischen Fußgelenk und Knie noch ein weiteres Gelenk. Kein Zweifel, das Bein war *ab*. Um das festzustellen, musste man kein Arzt sein. Mama hat ihr Bein angesehen, als gehöre es ihr nicht: »Das gibt's doch nicht, das gibt's doch nicht«, hat sie geflüstert. Dann hat sie geweint. Ich hätte auch heulen können, aber jetzt musste wenigstens einer hier die Nerven bewahren. »Ich rufe ein Taxi und dann fahren wir ins nächste Krankenhaus«, habe ich vorgeschlagen. Das schien mir vernünftig. Doch Mama hat mich verzweifelt angesehen: »Das können wir nicht.« Ich verstand sie nicht. Wieso sollten wir das nicht können? »Ich habe kein Geld«, sagte Mama. »Und meine Kreditkarte ist im Geldbeutel und der Geldbeutel ist weg.« Ich verstand immer noch nicht. In Deutschland habe ich noch nie jemanden gesehen, der beim Arzt oder im Krankenhaus bar oder mit Kreditkarte bezahlt. Dafür ist man ja versichert. »In Amerika muss man gleich bezahlen. Im Voraus«, erklärte Mama.

So war das. Wir konnten nicht ins Krankenhaus, weil wir gerade mal noch ein paar hundert Dollar hatten. »Und das alles, weil du blöde Kuh die Kontaktlinsen verschlampt hast«, wetterte Mama. »Jetzt können wir gleich heimfahren.« Heim*fahren* würden wir wohl kaum. Eher heimfliegen. Aber für solche Spitzfindigkeiten war im Moment kein Platz. Ich hatte es kapiert. Nun konnte ich nur noch retten, was zu retten war. Und wie immer, wenn alles ganz schlimm ist, hatte ich eine Idee.

Der Einzige, dem ich jetzt alles erklären konnte, war Tom. Und der Einzige, der uns helfen konnte, war Toms Vater. Der musste doch Geld haben. Immerhin hat er ja ein Hotel. Und wir würden es ja später zurückzahlen können. Ich habe Mama gestreichelt und gesagt: »Pass auf, ich habe eine Idee.«

Mama war so in ihrem Unglück versunken, dass sie gar nicht wissen wollte, was für eine Idee ich hatte, und so ging ich zum Telefon. Beim Wählen habe ich gezögert. Ich fand mich ziemlich dreist. Einfach wildfremde Leute anzurufen und um Hilfe, ja schlimmer noch, um Geld zu bitten. Ich habe mit Tom gerade mal drei Minuten gesprochen, das Hotel Michelangelo kannte ich nur vom Sehen und Toms Vater gar bloß vom Hören. Aber was sollte ich tun? »Was machst du da? Nicht das Taxi holen! Wir können das nicht bezahlen.« Mama ist schon wahnsinnig! Will sie mit einem gebrochenen Bein rumlaufen, oder was? »Lass mich mal machen!«, habe ich Mama beruhigt und gewählt.

Von meinem Plan habe ich ihr nichts erzählt. Am anderen Ende der Leitung meldete sich eine männliche Stimme: »Hotel Michelangelo.« Die Stimme hat Michelangelo »Meiklänschelo« ausgesprochen, und ich fand das so komisch, dass ich fast lachen musste. Ich habe mein dürftiges Englisch zusammengekratzt: »Can I speak to Tom, please?«

»One moment, please«, sagte die Stimme freundlich. Und eine Weile dudelte in der Leitung »Für Elise«. Dann hat eine Jungenstimme »Yes, please« gesagt. Ich war ganz aufgeregt: »Tom? Hier ist Nora.«

»Nora?« Mir ist eingefallen, dass Tom ja noch nicht mal meinen Namen kannte. »Die, die du heute im Park getroffen hast.«

»Im Park?« Tom musste auf der Leitung stehen.

»Na, heute Nachmittag auf dem Alamo Square.«

»Ach so. Ja. Das ist ja nett, dass du anrufst.«

Ich fand mich nicht besonders nett, eher aufdringlich. »Tom, ich hab ein Problem. Naja, eigentlich hab nicht *ich* das Problem, sondern meine Mutter.« Ich habe gestockt. Noch hätte ich einfach auflegen können. Das hätte zwar nichts genützt, mir aber immerhin eine Peinlichkeit erspart. »Was ist denn los?«, fragte Tom freundlich und ein bisschen besorgt. Und so habe ich Mut gefasst und alles erzählt. Ich weiß nicht, ob Tom meine Geschichte kapiert hat, denn ich habe sehr umständlich und schnell geredet. Immerhin hat er verstanden, dass unsere Lage reichlich vertrackt ist. Schließlich hat er seinen Vater ans Telefon geholt. Dem habe ich die Sache noch mal erzählt. Er hat, glaube ich, auch nicht alles verstanden, aber er hat versprochen, sofort zu kommen. Unsere Rettung! Ich habe dann schnell ein paar Sachen für Mama zusammengepackt: Zahnbürste, Unterwäsche und die Brille, die ich unter dem Kleiderhaufen gefunden habe. »Jetzt kommt gleich jemand«, habe ich Mama getröstet.

»Wen hast du angerufen?«

»Einen Bekannten.«

»Wen kennst *du* denn hier?« Ich habe ihr von Tom und seinem Vater mit dem Hotel Michelangelo erzählt.

»Steck noch das Deo ein«, hat sie mich gebeten. Im Bad stand das Deo auf dem Waschbecken. Und gleich daneben lagen die Kontaktlinsen. Genau da, wo sie immer waren. Mama ist wirklich superblind, vor allem, wenn sie sich aufregt. »Ich habe die Kontaktlinsen ins Waschzeug gelegt«, habe ich Mama zugerufen.

»Du hast sie gefunden? Oh Nora! Wo waren sie denn?«

»Da, wo sie immer sind.«

Mama hat tief geseufzt. »Und das alles wegen nichts!«

»Naja, du hast dich ja so aufgeregt, weil ich gesagt habe, du sähest aus wie eine Nutte.«

Mama hat wieder geseufzt. »Aber du hattest doch Recht. Ich bin mir ja selber so vorgekommen.«

Ich habe die ganze Zeit am Fenster gesessen und sah einen riesigen, himmelblauen Amischlitten vorfahren. Tom sprang heraus und lief auf unsere Haustür zu. Ihm folgte ein Mann in rosa Hemd und himmelblauem Anzug.

Aber wie die Geschichte mit Mama, dem Krankenhaus, Tom und seinem Vater weiterging, erzähle ich dir im nächsten Brief. Jetzt bin ich so müde, dass ich kaum mehr den Füller halten kann.

Himmelblaue Grüße!

Deine Nora

Liebe Isolde!

Nie im Leben kommst du drauf, was wir heute in San Francisco gemacht haben, Tom und ich. Nie, nie, nie. Außerdem bin ich mir langsam sicher: San Francisco macht verrückt. Erst Mama, nun Tom – es ist nur noch eine Frage der Zeit, wann ich dran bin!

Aber der Reihe nach: Nach meiner ersten Nacht in meinem himmelblauen Bett, von dem ich dir schon erzählt habe, bin ich erst mittags aufgewacht. Der Abend zuvor war wohl zu anstrengend. Wir, das heißt, Tom, sein Vater und ich haben Mama ins Krankenhaus geschafft, was ein ziemliches Theater war, weil Mama vor Schmerzen halb durchgedreht ist. Im Krankenhaus musste Mama tausend Formulare ausfüllen, aber weil sie kaum den Stift halten konnte, musste auch das noch Toms Vater machen. Der Arme. So ein Stress wegen uns! Wir haben ewig warten müssen, bis

Mama untersucht wurde. Um mich abzulenken, habe ich das Treiben in den Gängen beobachtet. Übrigens, in dem Krankenhaus hat es ausgesehen wie in *Emergency Room*! Wenn mir George Clooney begegnet wäre, hätte ich dir ein Autogramm besorgt. Ehrlich! Aber da fällt mir was ein. Er ist ja längst nicht mehr bei *Emergency Room*. Auch egal.

Dann war Mama endlich dran. Wir mussten sie im Krankenhaus lassen, weil ihr Bruch so kompliziert war, dass er operiert werden musste. Toms Vater war so nett zu mir, ich verstehe das eigentlich gar nicht. Und als er mich schließlich in sein Hotel eingeladen hat, damit ich nicht allein in die Wohnung zurückmuss, war es bei mir aus. Ich habe bloß noch geheult und habe mich dauernd für alles entschuldigt und bedankt.

Jetzt sitze ich im Foyer des Hotels Michelangelo mit einer riesigen Vanilla-Coke im Sofa und schreibe dir, was heute passiert ist. Also: Nachdem ich gefrühstückt hatte, wollte Tom mit mir los. »Wohin denn?«, habe ich gefragt.

»Wirst du schon sehen«, hat Tom nur gesagt und wollte wissen, ob ich fotografieren kann. Ich habe einfach mal mit ja geantwortet. Dann hat er mir seine Kamera in die Hand gedrückt und wir sind zu Fuß Richtung Downtown gegangen. Erst vor dem Marriott Hotel haben wir Halt gemacht. »Da gehen wir jetzt rein«, hat Tom erklärt.

»Da rein? Dürfen wir denn das?« Wir waren ja schließlich keine Gäste.

»Wieso denn nicht? Jeder darf da rein.«

Ich bin mir ein wenig komisch vorgekommen, weil ich immer dachte, in solche Hotels darf man nur mit Kostüm oder Anzug. Aber Tom hat mich einfach durch die Drehtür geschubst. Ich glaube, wir sind nicht besonders aufgefallen. Die anderen Leute im Foyer haben jedenfalls auch nicht besonders vornehm ausgesehen. Tom hat mich zu einem Aufzug geführt und auf 39 gedrückt. Stell Dir vor, 39 Stockwerke! Oben, im 39. Stock, war eine Art Aussichtscafé, rundum alles total verglast. Wir haben uns an die großen Scheiben gestellt und ich habe senkrecht nach unten gesehen. Mir ist schwindlig geworden und ich bin gleich ein paar Schritte zurückgetreten. Ich glaube, wenn die Scheiben nicht gewesen wären, hätte es mich nach unten gesogen. So wie in einem Raumschiff, wo es einen hinauszieht, wenn man eine Luke aufmacht. »Das Hotel schwankt ja«, sagte ich.

»Klar schwankt es, jedes Hochhaus schwankt.«

Das hat mich ziemlich beunruhigt, und ich sagte: »Und wenn das Hotel nun zusammenkracht?«

»Was soll schon sein? Dann sind wir halt tot«, hat Tom gesagt und gelacht. »Und außerdem bricht das Hotel nicht zusammen. Das ist noch nie passiert, dass ein Wolkenkratzer einfach so einfällt.«

Das ist wohl richtig. Und dann hat Tom auf einmal gefragt: »Hm ... das klingt jetzt vielleicht etwas komisch ...

aber könntest du vielleicht das Klo da drüben fotografieren?«

»Was???«

»Ob du das Klo dort fotografieren kannst?«

»Wie? Die Kloschüssel, oder was?«

Tom ist knallrot geworden. »Nein … ich meine … ja auch … aber vor allem das Drumherum. Das Wichtigste ist, dass die Kacheln drauf sind.«

Ich habe Tom wohl sehr verwirrt angesehen. »Und warum soll ich das Klo fotografieren?«

»Ich sammle Klos. Genauer gesagt, Fotos von Klos. Vor allem die in San Francisco. In die Damentoiletten darf ich nicht rein. Dafür brauch ich dich.«

Klasse, dachte ich. Soll ich mich vielleicht selbst beim Pipimachen fotografieren?

»He, he, ich bin nicht pervers«, sagte Tom, als hätte er meine Gedanken erraten. »Ich will nur ein Foto von den Räumlichkeiten.«

Ich schaute Tom an. Er war ziemlich blass und seine Sommersprossen waren schwarz wie Fliegendreck. Aber pervers hat er eigentlich nicht ausgesehen. Er hat gegrinst und erklärt: »Die einen sammeln Briefmarken, die anderen Kinderüberraschungseier und wieder andere Pokémons. Ich sammle eben Klos.«

»Briefmarkensammeln kann ich noch verstehen, aber Klos …«

»Was verstehst du denn vom Briefmarkensammeln? Ist doch todlangweilig.«

Stimmt schon, Briefmarkensammeln ist echt ein bisschen öde. Und Pokémonsammeln ist einfach nur kindisch. Also bin ich rein in die Damentoilette und habe mich umgesehen. Zum Glück war niemand da. Ich habe die Belichtung eingestellt und versucht, alles aufs Bild zu kriegen. Das war gar nicht so einfach, weil es ziemlich dunkel war. Gerade, als ich auf den Auslöser drücken wollte, ging die Tür auf. Ich habe ganz schnell den Apparat versteckt und so getan, als würde ich mir die Hände waschen. Die Frau verschwand in der Kabine, und zwar ewig. Was die Leute da wohl so lange machen?

Aus Langeweile bin ich in die Kabine nebenan gegangen und habe durch den Schlitz die rosa Schuhe und die rosa Handtasche der Frau betrachtet. Stell dir vor: Eine zu den Schuhen passende Handtasche! Endlich rauschte die Klospülung und ich konnte zur Tat schreiten. Ich knipste los. Draußen hat Tom schon ungeduldig gewartet. »Ich dachte schon, dir ist der Fotoapparat ins Klo gefallen.« Ich habe lachen müssen und konnte gar nicht mehr aufhören zu kichern, so komisch ist mir alles vorgekommen. »Ist alles drauf?«, wollte Tom wissen. »Ich hoffe, aber es war sehr dunkel da drin.«

Wir sind die 39 Stockwerke wieder hinuntergefahren und haben beschlossen, erst mal einen empfindlicheren Film zu kaufen. Inzwischen waren wir wieder auf der Market

Street, haben uns ausgeruht und den Cable Cars (das sind die alten Straßenbahnen hier) beim Wenden zugesehen.

»Und was machst du mit den Fotos?«, habe ich Tom gefragt, als ich den neuen Film eingelegt hatte.

»Ich klebe sie in ein Album.«

Ich musste heimlich grinsen. Briefmarken steckt man auch in ein Album.

Dann wollte Tom weiter, er hatte noch viel vor. Um ehrlich zu sein, nach dem fünften Luxushotel war die Sache nicht mehr so interessant. Die Toiletten unterscheiden sich eigentlich nur in Kleinigkeiten. Mal Marmor, mal Fliesen, mal Messingarmaturen, mal Kronleuchter. Mal zartgelb, mal lachsrosa, mal nilgrün. Aber so ist das eben mit Dingen, die man sammelt: Die Details kann nur jemand würdigen, der sich damit auskennt. Für mich ist Klo Klo. Weil mich die Luxushotelklos langweilten, habe ich vorgeschlagen, doch mal in die Klos von Bars oder Kaufhäusern zu gehen. »Die sind nicht dran«, hat Tom nur erklärt. Meine Fußsohlen waren vom vielen Gehen schon ganz heiß und ich hätte gern Pause gemacht. Aber Tom war wie besessen und wollte noch zum Sheraton und zum Holiday Inn.

»Seit wann machst du denn das? Ich meine, Klos sammeln«, wollte ich wissen.

»Seit ich denken kann.«

»Und wie bist du da drauf gekommen?«

Tom hat etwas verlegen gegrinst. Und nun pass auf, Isolde, jetzt kommt's: Tom sagte: »Ich suche mein Geburtsklo.« Das gibt's doch nicht, habe ich gedacht.

Tom hat erklärt:

»Ja, ich bin in einem Klo geboren. Hier, in San Francisco. Aber ich weiß nicht, in welchem. Verstehst du, fast jeder Mensch heutzutage weiß, wo er geboren ist. Aber ich weiß es nicht.«

»Und deine Mutter? Weiß die es nicht?«

»Nein. Sie grinst immer nur und sagt ›du Klogeburt‹! Aber wo das Klo war, weiß sie nicht. Nur, dass es in einem großen Hotel war.«

Das hat mich nun doch etwas erschüttert, das mit der Klogeburt. Aber es kam noch besser. Tom sagte: »Dafür kann *ich* mich noch erinnern. Ich weiß, was in dem Klo für Kacheln waren. Das war das Erste, was ich in meinem Leben gesehen habe. Altrosa Kacheln.«

»Das glaubst du doch selber nicht! Kein Mensch kann sich an seine Geburt erinnern.«

»Ich schon.« Tom hat sich nicht davon abbringen lassen: »Ich war schon von Klos fasziniert, bevor ich überhaupt *wusste*, dass ich in einem Klo zur Welt gekommen bin. Das muss doch was bedeuten!«

Das muss *gar* nichts bedeuten, habe ich mir gedacht. Mein Cousin, zum Beispiel, fährt auf Busse ab, seit er laufen kann, und er ist ganz sicher keine Busgeburt. Aber ich habe nichts mehr gesagt, denn irgendwie schien es Tom zu trösten, dass er immerhin die Farbe der Kacheln seines Geburtsklos zu kennen glaubte. Dann habe ich mir noch Folgendes überlegt: Toms Geburt ist mindestens dreizehn Jahre her. Wer weiß, wie viele Male die Toiletten seitdem schon renoviert worden sind! Doch ich habe das nicht laut gesagt, denn Tom war so gut gelaunt von unserer gelungenen Tour.

Dann sind wir weiter zum Sheraton und zum Holiday Inn am Fisherman's Wharf. Das waren unsere letzten Stationen. »Und wieso bist du in einem Klo geboren?«, habe ich gefragt und dachte an eine Geschichte, die ich mal in der Zeitung gelesen habe. Da hat eine Mutter beim Pinkeln *aus Versehen* ein Kind auf die Welt gebracht. Sie hat nämlich nicht mal gewusst, dass sie *schwanger* war!

»Meine Mutter hat es einfach nicht mehr ins Krankenhaus geschafft«, hat Tom geantwortet. Das hat mich beruhigt, schließlich passiert so was ja öfter, aber eigentlich nur in Filmen. Und plötzlich ist mir Toms Geschichte sehr merkwürdig vorgekommen. Vielleicht hat er ja alles nur erfunden. Aber wozu?

Zurück sind wir Bus gefahren und haben uns die Hügel rauf und runter schaukeln lassen. Tom hat die ganze Zeit mit geschlossenen Augen neben mir gesessen und hat kein Wort gesagt. Seine Haare waren vom Schwitzen ganz verklebt, aber irgendwie hat er glücklich ausgesehen. Er hatte ja nun endlich, was er wollte. Und ich habe ihm ein klein wenig dabei helfen können. Das ist doch eine ganz gute Entschädigung für den Ärger gestern Abend, oder?

Eben ist hier im Foyer noch etwas Seltsames passiert. Weil ich so müde war, habe ich mich im Sofa zurückgelehnt und die Augen zugemacht. Als ich sie wieder aufmachte, sah ich ihn. Weißt du wen? George Clooney! Ich habe die Augen gleich wieder zugemacht, weil er mich so angestarrt hat. Schließlich habe ich durch die Lider geblinzelt. George Clooney war fort, als wäre er nie hier gewesen! Dafür hat Tom neben mir gestanden und hat mich angegrinst: »Na, gut geschlafen?«

»Ich habe nicht geschlafen. Ich habe George Clooney gesehen.«

»Der ist nicht hier.«

»Sicher nicht?«

»Nein. Aber der war mal hier. Vor ein paar Wochen.«

»Ist George Clooney denn schwul?«

»Nö, wieso?«

»Na, das ist doch ein Hotel für Schwule.«

»Ja, aber es dürfen auch andere rein. Du bist doch auch nicht schwul.«

»Ich? Ich bin höchstens lesbisch.«

»Lesben sind hier natürlich auch willkommen.«

»Ich bin doch gar nicht lesbisch. Bist du denn schwul?«

»Ich, also hör mal. Jetzt fängst du auch schon damit an.«

»Mit was denn?«

»Dass ich schwul bin. Das sagen die aus meiner Schule auch immer.«

»Ich hab das doch gar nicht gesagt. Ich hab doch nur gefragt. Aus Spaß.« Tom ist da anscheinend superempfindlich. Ich wollte ihn doch nicht kränken. Aber das mit George Clooney wollte nicht aus meinem Kopf. »Und George Clooney ist wirklich nicht hier?«

»Nein.« Aber wen hatte ich dann gesehen? Wahrscheinlich bin ich jetzt dran. Ich meine, mit dem Verrücktwerden.

Aber vielleicht war ich gestern nur zu lange im Krankenhaus. Oder ich bin einfach bloß müde. Deswegen gehe ich jetzt in mein blaues Zimmer, in mein blaues Bett, unter die blaue Decke. Und dann schlafe ich. Und träume. Von Hotelklos und George Clooney. Vielleicht kriege ich ja im Traum ein Autogramm für dich.

Altrosa Kachelgrüße!

Deine Nora

Liebe Isolde!

Ich dachte immer, Krankenhäuser riechen nach Krankenhaus, aber hier, in San Francisco, riecht's gar nicht so. Und es sieht aus wie am Flughafen. Auch die ganzen Sicherheitskontrollen: Man kann hier nicht einfach rein wie bei uns, man muss sich anmelden, und alle Patienten tragen Plastikbändchen am Handgelenk. Das ist, damit die Patienten nicht weglaufen, hat Mama gesagt. Ach ja, Mama. Ich habe sie eben besucht und sie ist schon wieder ganz fit. Meint sie jedenfalls. Gerade mal eben so richtig aus der Narkose erwacht, redet sie schon wieder vom Heimgehen. Dabei hängt ihr Bein in so einer Vorrichtung überm Bett und sie darf nicht aufstehen. Nicht mal zum Pieseln. Dafür kriegt sie eine Bettpfanne. Das heißt wirklich so. Komisches Wort, oder? Mama ist in ihrem Bett herumgerutscht, sie hat gesagt, sie könne nicht mehr liegen, sicher sei sie schon wund gelegen. Das Fenster könne man auch nicht aufmachen. Damit man nicht abhaut, hat sie gesagt. *Ich* glaube, das liegt an der Klimaanlage. Mama kommt sich anscheinend ziemlich eingesperrt vor. Im Lauf unseres Gespräch aber hat sich Mama beruhigt, hat mir von den hübschen, freundlichen Ärzten erzählt und ich ihr von den letzten zwei Tagen. *Aber nicht alles.*

Ich sitze übrigens in der Eingangshalle der Klinik und warte auf Nick. Das ist Toms Vater. Er holt mich ab. Ich habe hier nicht das Gefühl, in Nordamerika zu sein. Genauso gut könnte ich in China, in Mexiko oder in Afrika sitzen. Oder in einer Mischung aus allem. Die Hinweisschilder sind auf Englisch, Spanisch und Chinesisch. Hier ist die ganze Welt.

Heute Morgen ist mir in meinem Hotel etwas Merkwürdiges passiert: Ich wache auf und starre noch halb im Traum auf den Teppich vor dem Bett. Da sehe ich eine blau schimmernde Katze sitzen. Ich hab gedacht, das ist doch nicht möglich, eine blaue Katze! Aber sie war wirklich da, ich bin nämlich zu ihr hin, sie hat mich angesehen mit ihren blauen Augen, und ich hab zu ihr gesagt: »Miezekatze, wo kommst du denn her?« Da ist mir eingefallen, dass die Katze sicher kein Deutsch versteht und so habe ich zu ihr gesagt: »Pussycat, what are you doing here?« Das ist jetzt nicht ganz wörtlich übersetzt, aber ich konnte es nicht besser und sie hat »miau« gesagt. Ich wusste aber nicht, was das heißt. Es hat genauso geklungen, wie wenn deutsche Katzen »miau« sagen. Da saß die Katze nun, und ich hatte keine Ahnung, wo sie herkam, wem sie gehörte und warum sie blau war. Naja, in diesem Zimmer, in dem ich hier wohne, ist eh alles blau, also warum nicht auch die Katze? Ich hab nur gedacht, hier kann sie nicht bleiben, sie bekommt bestimmt bald Hunger oder sie muss mal, da ist es besser, ich lasse sie raus. Die Katze war sehr haarig, so ein Persertier. Ich mag die nicht so, weil die immer alles vollhaaren, und außerdem sind die so superempfindlich, richtig feine Damen oder Herren, die beim geringsten Luftzug Schnupfen kriegen. Man könnte ja annehmen, ein solches Fell schützt gut vor Erkältungen, aber bei Perserkatzen ist das Fell, glaube ich, nur Verzierung.

Wir hatten nämlich mal eine Perserkatze. Kannst du dich noch an sie erinnern, Isolde? Die konnte nicht mal Mäuse fangen, weil sie sich vor Blut ekelte, und sie hatte dauernd Schnupfen. Ja, sogar mal eitrige Stirnhöhlen! Und eine Wollallergie. Albern, oder? Eine Perserkatze mit Wollallergie. Fehlt bloß noch, dass sie eine Katzenhaarallergie bekommen hätte. Voriges Jahr ist sie gestorben. Aber nicht an Schnupfen. Ich hab dir das nie erzählt, weil ich mich so geschämt habe. Weil ich irgendwie schuld war. Weißt du, eines Tages fand ich, dass Rosie unbedingt an die frische Luft muss. Zur Abhärtung, damit sie nicht immer Schnupfen bekommt. Also hab ich die Wohnungstür aufgemacht, und Rosie spazierte in den Vorgarten, obwohl sie sich erst ziemlich geziert hat. Ich habe Rosie eine Weile vom Fenster aus beobachtet und so langsam schien ihr der winzige Garten zu gefallen. Sie wurde richtig neugierig. Bis sie so neugierig war, dass sie über den kleinen Zaun kletterte. So viel Unternehmungsgeist hätte ich Rosie nie zugetraut, und mir ist auch gleich etwas mulmig geworden, denn Rosie hatte ja keinen Schimmer vom Straßenverkehr. Also bin ich schnell runter, um Rosie wieder reinzuholen, aber da war's schon zu spät. Ich hab bloß noch die Bremsen quietschen gehört.

Oh, gerade wird hier eine Frau vorbeigefahren, die hat doch glatt *beide* Arme und *beide* Beine im Gips. Bestimmt auch ein Autounfall, und ich muss mir das Lachen verkneifen, weil sie so komisch aussieht. Aber dann denke ich, die arme Frau, da darf man nicht lachen.

Mir ist auch eigentlich nicht zum Lachen, weil ich an Rosie denke und dass ich schuld an ihrem Tod bin. Mama und Papa waren wegen Rosie total sauer auf mich, dabei hab ich's nur gut gemeint. Außerdem hab ich mich selber schon schuldig genug gefühlt, wirklich. Ich bin mir sicher, dass ich Rosie auf dem Gewissen habe und zur Strafe im nächsten Leben als Perserkatze auf die Welt komme. Das mit dem nächsten Leben ist aus dem Buddhismus, da glaubt Mama jetzt dran. Früher hat sie an Gott geglaubt, aber sie findet Gott zu patriarchal. Ich hab sie gefragt, was patriarchal ist, und sie hat gesagt, das ist, wenn der Mann der Bestimmer ist. Und der Bestimmer über die Welt ist auch ein Mann. Das ist nicht gut und deswegen nun Buddhismus. Da sammelt jeder ein Karma an, und wenn er viel gutes Karma ansammelt, dann darf er nach dem Tod bestenfalls ins Nirwana, aber zumindest als glücklicher Mensch auf die Welt kommen. Wenn man zu viel schlechtes Karma ansammelt, dann muss man als armer, kranker, unglücklicher Mensch oder gar als Regenwurm zurück auf die Welt. Schlechtes Karma sammelt man zum Beispiel, wenn man tötet. Auch Tiere. Weil das Tier ja im letzten Leben ein Mensch gewesen sein könnte. Vielleicht hab ich ja mit Rosie einen Menschen getötet! Ich glaube, mir ist der patriarchale Gott lieber. Der soll ja angeblich verzeihen.

Mama und Papa haben mir jedenfalls nie verziehen. Ich mir übrigens auch nicht, und wenn ich eine Katze sehe, muss ich an Rosie denken.

Und nun saß da eine blaue Katze! Ich hab sie vorsichtig gestreichelt und sie hat auch gleich ihre Schnurrmaschine angestellt. Was sollte ich mit der Katze tun? Sie rauslassen? Ich nehm sie mit, hab ich gedacht, bestimmt ist sie aus dem Hotel, am Ende gehört sie gar Tom. Oder Nick, dem würde ich auch eine blaue Katze zutrauen. Ich meine, der würde der Katze die Haare sogar blau färben lassen. Aber dann habe ich sie im Zimmer gelassen und bin runter zu Tom.

Tom guckte *Southpark* auf Video. Er starrte auf den Bildschirm und hat mich kaum bemerkt. Ich wagte nicht, etwas zu sagen. Ich werde nicht schlau aus ihm. Mal hab ich das Gefühl, wir kennen uns schon ewig, so wie gestern, als wir auf unserer Klo-Tour waren, dann kommt es mir so vor, als hätte er vergessen, wer ich bin.

Ich konnte mich nicht gut auf *Southpark* konzentrieren, weil ich erstens fast nichts verstanden habe und zweitens immerzu überlegt habe, ob ich Tom von der blauen Katze erzählen soll. Ich hab's nicht getan. Weiß auch nicht, warum. Vielleicht, weil ich selber nicht mehr daran glaubte. Vielleicht auch, weil Tom so abwesend war. Plötzlich hat Tom ganz arg zu lachen angefangen, und ich dachte, er lacht über mich, aber er hat über *Southpark* gelacht, weil die da nämlich einen schwulen Hund haben. O Gott, schwule Hunde und Katzen, die Farben wechseln! Jedenfalls hat das Lachen Tom aus seiner Erstarrung geholt und plötzlich war er wieder ganz normal. Nett eben.

Kurz bevor ich dann mit Nick, Toms Vater, zu Mama ins Krankenhaus fuhr, musste ich noch mal ins Zimmer hoch, um meinen Rucksack zu holen. Die Katze saß immer noch an derselben Stelle! Ich sagte: »Hi Rosie«, und habe mich ein wenig erschrocken, weil ich sie *Rosie* genannt habe. Ich war ungefähr fünf Minuten im Zimmer und die Katze hat sich nicht gerührt. Aber als ich das Zimmer dann verlassen wollte, ist sie zwischen meinen Füßen hindurch nach draußen gehuscht. Ich war total geschockt. Schon wieder hatte ich eine Katze rausgelassen! Aber sie war ja selber schuld. *Ich* war nicht schuld! Und weil ich so damit beschäftigt war, mich von meiner Unschuld zu überzeugen, hab ich erst, als sie im Flur um die Ecke lief, bemerkt, dass die Katze gar nicht mehr blau war. Ich hab mich gar nicht mehr beruhigen können, ich meine, eine blaue Katze ist schon seltsam genug, aber immerhin noch möglich. Doch eine blaue Katze, die nur in einem blauen Zimmer blau ist und woanders nicht, das ist unmöglich. Ich hab richtig Angst gekriegt. Die Katze, das ist bestimmt Rosie, die sich an mir rächt, die mich verrückt macht, weil ich blaue Katzen sehe, die gar nicht blau sind. Ich hab ganz weiche Knie gehabt, als ich die Treppen runtergekommen bin. Tom hat gleich ganz besorgt gefragt: »Was ist denn, du bist ja ganz käsig?«, und ich hab kein Wort rausgekriegt. Wenn ich das jetzt erzähle, hab ich gedacht, dann lässt mich Nick gleich im Krankenhaus. Und so fragte ich erst nur: »Sag mal, gibt es hier Katzen?«

»Ja«, sagte Tom. »Eine, Beauty. Hast du etwa eine Katzenhaarallergie?«

»Nein, nein«, hab ich geantwortet und Tom ganz nebenbei gefragt: »Aber die ist doch nicht blau, oder?«

Tom hat mich einen Moment ganz erstaunt angeschaut, dann hat er nach einer kurzen Pause gefragt: »Wo war Beauty denn?«

»Beauty? Auf dem Teppich vor meinem Bett.«

»Ach ja, Beauty, das Biest. Geht immer in die Hotelzimmer und nimmt die Farbe des Raums an.« Tom hat die Augen verdreht, als fände er Beautys Verhalten total nervig. »Beauty ist eine Chamäleonkatze«, erklärte er, als wären Chamäleonkatzen zwar selten, aber relativ normal. »Komm mit«, hat Tom dann gesagt, weil ich so dumm aus der Wäsche geschaut habe. »Wir gehen jetzt in das rosa Zimmer. Da ist Beauty am häufigsten. Weil sie rosa liebt. Ich sag deswegen manchmal Rosie zu ihr, aber sie hört nicht drauf.«

Mir ist schlecht geworden. Sicher war ich jetzt völlig durchgedreht. Beauty heißt Rosie und kann ihre Farbe wechseln. Wahrscheinlich war ich auf einem ganz schlimmen Trip, der mit Mamas Unfall angefangen hat und aus dem es kein Entrinnen gab. »Ich kann jetzt nicht mit in das rosa Zimmer«, hab ich mit einem Kloß im Hals zu Tom gesagt.

»Wieso denn nicht?«

»Weil ich jetzt mit Nick ins Krankenhaus zu Mama fahre.« Insgeheim war ich froh, nicht in das rosa Zimmer zu müssen.

Ach, da kommt Nick ja. Ich muss jetzt aufhören und werde dir später weiterschreiben, weil ich Nick nicht warten lassen will. Und wenn ich wieder im Hotel bin, werde ich erfahren, was es mit Rosie-Beauty auf sich hat. Und du auch. Falls ich es überlebe. Übrigens weiß ich jetzt, nach was es im Krankenhaus riecht. Nach Katzenpisse. Aber wahrscheinlich bilde ich mir das bloß ein.

Deine fast wahnsinnige Nora

Liebe Isolde!

Ich hab deinen Brief gekriegt. Erst mal danke, aber ich bin *nicht* in Tom verliebt! Wie kommst du denn darauf? Ich sag dir was: Dieser Tom geht mir langsam auf die Nerven. Sein geheimnisvolles Getue, mal tut er so, als wären wir seit Jahren befreundet, dann kennt er mich wieder nicht. Ich weiß nie, woran ich bin. Dann seine Behauptung, er könne sich an seine Geburt erinnern, und die Geschichte mit dem Geburtsklo. Einfach lächerlich! Ich glaube, er macht sich von vorn bis hinten lustig über mich.

Ich bin deshalb so sauer, weil Tom mich mit der Katze total verarscht hat. Das war nicht lustig. Pass auf: Ich komm heim, das heißt, ins Hotel. Die Fahrt vom Krankenhaus war schon etwas ätzend. Nick wollte nämlich, dass ich Papa schreibe. Wegen der Kohle. Du weißt ja, im Moment bezahlt Nick für Mamas Klinikaufenthalt. Im Auto lief eine Kassette mit kubanischer Musik, es war warm, wir hatten die Fenster offen. Nick hatte eine verspiegelte Sonnenbrille auf, du weißt schon, so eine »Fuckerbrille«, wie sie amerikanische Cops tragen. Sein braun gebrannter Arm mit dem Tattoo hing zum Fenster raus und mit der anderen Hand hat er den Rhythmus der Musik aufs Lenkrad getrommelt. »Du kannst auch mailen«, hat er gesagt, »vom Hotelcomputer. Das geht schneller.«

Vielleicht bilde ich mir das bloß ein, aber seine Stimme klang so, als wollte er sagen: Wenn dein Alter nicht bald die Kohle rüberschiebt, dann könnt ihr sehen, wo ihr bleibt. »Ich bin mir nämlich nicht sicher, ob die deutschen Krankenkassen den Klinikaufenthalt übernehmen«, hat er gesagt. Mir ist ganz heiß geworden. Weil Krankenhaus teuer ist. »Ich hab ja schon versucht, Papa anzurufen, aber ich komm nicht durch, weil immer besetzt ist.« Nick hat gelacht: »Wahrscheinlich ist dein Papa dauernd im Internet.« »Ich maile ihm mal«, hab ich geantwortet. Mehr habe ich nicht gesagt. Mir war nämlich alles nicht mehr geheuer. Warum kann ich Papa nicht anrufen? Warum hat es Nick plötzlich mit dem Geld so eilig? Ich war froh, endlich aussteigen zu können, und hoffte, dass ich die blöden Gedanken einfach im Auto lassen kann.

Tom hat wieder in seiner Lieblingscouch gelegen, hat Tacos gegessen und MTV geguckt. Ich hab mich neben ihn gesetzt und er hat mich angegrinst: »Wie geht's deiner Mutter?«

»Ganz gut. Sie will schon wieder heim.« So richtig gut geht es ihr ja nicht. Man müsste wohl eher sagen, den Umständen entsprechend.

»Magst du mal probieren?« Tom hat mir seine Plastikbox mit den Tacos hingehalten. Ich hab mir eins genommen und in den Mund gesteckt. Und gleich wieder ausgespuckt. Mein Mund hat wie Feuer gebrannt und Tränen sind mir in die Augen gestiegen. »Spinnst du? Du hättest mich ja warnen können!« Tom hat nur gelacht und mir ein Stück Weißbrot gegeben. »Ich hab auf dich gewartet. Komm mit, Beauty ist auf 366.«

»Was ist 366?«

»Das ist das rosa Zimmer. Aber nicht erschrecken. Da wohnen Bernardo und Alfred.«

»Wer sind Bernardo und Alfred?«

»Zwei Gäste«, hat Tom geantwortet, »aber sie sehen nicht ganz gewöhnlich aus.«

Ich hab mir gedacht, hier kann mich nichts mehr schockieren, und ich habe gegrinst. So cool wie möglich. Im dritten Stock hat Tom an der Tür mit der Nummer 366 geklopft. »Come in!«, kam es von drinnen. Tom ist hinein und ich hinterher. Mir sind fast die Augen rausgefallen. Bernardo und Alfred sind Frauen! Das heißt, sie sind Männer, aber sie sehen aus wie Frauen. Bernardo hatte lange rote Haare und ein pinkfarbenes Satinkleid an. Alfred hatte einen weißblonden Pagenschnitt und trug dazu ein babyrosa Kostüm. Weißt du, so einen knielangen Rock aus so einem seltsamen Wollstoff und dazu ein passendes Jäckchen mit goldenen Knöpfen. Scheußlich! Sie haben beide auf Tom eingeredet. Mit so einer Art Frauenstimme, aber eben nur mit so einer *Art* Frauenstimme. Überhaupt war alles nicht so ganz richtig: Alfred hat zum Beispiel total muskulöse Waden. Und Bernardo zu breite Schultern. Aber beide haben Busen. Ich hab mir als Kind auch immer Mamas BH ausgeliehen und Tennisbälle reingestopft. Es war wirklich ein abgefahrenes Bild: Pinkfarbener Bernardo und babyrosa Alfred in einem rosa Zimmer. Es ist genauso rosa wie meines blau ist.

Weil ich von dem Ganzen so beeindruckt war, habe ich fast den Grund unseres Besuchs vergessen. Beauty. Und da saß sie. Auf dem Teppich und blassrosa schimmernd. »Die ist ja tatsächlich rosa«, habe ich auf Deutsch gemurmelt und dann auf Englisch gestottert: »Shshshe is pppink.« Bernardo und Alfred sind in hysterisches Gekicher ausgebrochen. Ich sag dir, keine Frau ist so drauf wie die zwei. Sie haben mit ihren Sektgläsern angestoßen. Tom hat von der Kommode noch zwei Sektgläser geholt und mir auch was angeboten.

»You like champagne?«, hat er gefragt und zu dem Sekt Schämpäin gesagt. Warum redete er jetzt englisch mit mir? Musste er jetzt angeben vor den beiden? Wie gut er Englisch kann und wie cool er am Nachmittag mal schnell ein Glas Sekt trinkt? Oder war er einfach bloß höflich? Ist ja unhöflich, deutsch zu reden vor Leuten, die kein Deutsch verstehen. Ich hab genickt, weil ich ja irgendwie auch cool sein wollte.

Alfred hat uns eingeschenkt, während sich Bernardo auf dem Bett räkelte. Der Sekt hat blassgelb im Glas gesprudelt. Ich hab an Mama gedacht. Wenn sie genervt ist, trinkt sie ein Glas Sekt. »Das entspannt«, sagt sie und schnauft durch. Ich war supergenervt, habe das Sektglas genommen und es in einem Zug ausgetrunken. Wie Mama. Wie Medizin. Schmeckt eigentlich ganz gut, das Zeug.

Eine Minute später war mir ganz warm im Bauch. Ich hab mit den Augen geblinzelt und Beauty angesehen. Sie hat zurückgeblinzelt. Als wollte sie mir ein Zeichen geben. Dann ist sie aufs Bett gesprungen und als sie dort saß, war sie plötzlich nicht mehr rosa, sondern weiß. »Shshshe is whwhwhite nnow«, hab ich geflüstert und die anderen wären fast zusammengebrochen vor Lachen. »Would you like some more?«, hat Alfred gesagt und den *Schämpäin* gemeint.

Eigentlich hatte ich von allem genug. Von Katzen, von kranken Müttern, von Vätern, die man nicht erreichen kann, von pubertären Jungs und überdrehten Frauenmännern. Nur vom *Schämpäin* nicht und ich hab mir von Alfred noch ein Glas einschenken lassen. Ich hab's wieder in einem Zug ausgetrunken und plötzlich hab ich alles ganz klar gesehen. Irgendwas war hier doch nicht logisch. Hatte Tom nicht gesagt, die Katze nehme die Farbe des Raums an? Warum ist dann Beauty auf dem Boden rosa, auf dem Bett aber nicht?

Ich habe mich auf den Boden gekniet. Irgendwas musste da sein. Beauty saß ja auch in meinem Zimmer auf dem Boden. Wie ich so auf dem Boden krabbelte, hab ich bemerkt, dass meine Hände und die Unterarme rosa leuchteten, genauso wie meine Knie und meine Waden. Ich hab nach links und rechts geguckt, nach vorn und hinten, und da hab ich es gesehen: Etwa zehn Zentimeter über dem Boden waren Strahler mit rosa Licht, die alles rosa färben, was sich knapp über dem Boden befindet. Beim Aufstehen habe ich etwas geschwankt, aber meine Hände hatten wieder Hautfarbe. Bernardo und Alfred haben nicht mehr gekichert. Tom hat ein wenig blöd geguckt, wahrscheinlich hätte er mich gern noch länger veräppelt. Dann hat er laut losgelacht. Ich war schon wieder drauf und dran, ihn sympathisch zu finden und mit zu lachen, aber ich hatte noch den Geschmack von dem extrascharfen Taco im Mund. Ich war beleidigt, denn überleg mal, wann er mit dem Theater angefangen hat! Das war keine spontane Idee, sondern von langer Hand vorbereitet. Wahrscheinlich ist er, während ich bei Mama im Krankenhaus war, stundenlang auf Katzenjagd gegangen und hat alles mit Bernardo und Alfred abgesprochen. Tom, die fiese Ratte.

Normalerweise bin ich nicht so humorlos, eigentlich war ja alles ganz witzig, und im Nachhinein wundere ich mich, dass mir die rosa und blauen Strahler nicht aufgefallen sind. Aber ich war fix und fertig mit den Nerven, vielleicht war alles in den letzten Tagen ein bisschen viel. Und dann noch der blöde *Schämpäin,* von dem ich gleich zwei Gläser hintereinander in mich reinschütten musste!

Jedenfalls bin ich so richtig ausgerastet. Ich hab's in mir hochsteigen spüren und habe mein Sektglas nach Tom geworfen. Ich hätte ihn auch getroffen, wenn er sich nicht geduckt hätte. Das Glas ist an der Wand in tausend Scherben zerbrochen. Ich hab Tom angeschrien: dass er ein arrogantes Ösi-Arschloch ist und dass er mich in Ruhe lassen soll. Und was weiß ich noch. Tom hätte alles verkraftet, glaube ich, nur das mit dem Ösi nicht. Aber es ist Mamas Schuld. Die erzählt mir nämlich immer ganz schlimme Österreicher-Witze und sagt zu den Österreichern Ösis. Das liegt daran, dass sie vor Papa mal einen österreichischen Freund hatte. Von dem hat sie sich getrennt, weil er immer vor der Glotze gesessen hat.

Egal. *Ich* hab zu Tom Ösi gesagt und nicht Mama. Außerdem wäre ich auch beleidigt, wenn mich jemand Deutschen-Schwein nennen würde. Das ist schlimmer als bloß

Schwein. Tom ist auf mich zu und hat mir eine geklebt. Dann hat er ganz ruhig gesagt: »Das mit dem Ösi nimmst du zurück.« Und ich habe angefangen zu heulen, weil ich so ein mieser Nationalist bin und gesagt: »Ja, ich nehm es zurück. Es tut mir Leid. Aber der Rest nicht.« Und dann wollte ich weglaufen. Aber da war Bernardo, der hat mich aufgehalten, mich ein wenig an sich gedrückt und mit ganz weicher Stimme gesagt: »Hey, hey.« Das war nett, doch ich habe mich losgerissen und bin in mein blaues Zimmer gelaufen.

Seitdem heule ich. Ich weiß schon gar nicht mehr, über was. Oder über wen. Über Tom? Über Mama? Über Papa, über mich? Am liebsten würde ich mich nach Hause beamen. Ich hasse alles hier. Das verdammte Hotel, die blöden Typen, die bescheuerten farbigen Bodenstrahler. Ja, ganz San Francisco.

Es ist jetzt etwas später. Ich liege auf dem Bett. Mir geht es ein bisschen besser. Aber ich fühle mich so allein, und ich wünschte, du wärst da. Weißt du, wer eben an meiner Zimmertür geklopft hat? Du glaubst es nicht. Ich hätte ihn fast nicht erkannt: Bernardo. Er hatte plötzlich braune Haare, keine roten mehr, auch keine langen. Er trug ein weißes T-Shirt und eine hellgraue Trainingshose. Er war barfuß. Ganz schüchtern hat er in der Tür gestanden und hat mir ein Sträußchen echte Vergissmeinnicht hingehalten: »I'm so sorry«, hat er mit einer ganz normalen Männerstimme gesagt. Und dass er nicht gewusst hätte, wie sehr sie mich verletzt hätten. Das hätten sie nicht gewollt, wirklich nicht. Und dann hat er noch gesagt, er hoffe, dass es meiner Mama bald wieder besser geht. Da hab ich wieder geheult.

Deine Nora

E-Mail

Liebe Isolde!

Es ist ungewohnt, eine Mail zu schreiben nach so vielen Briefen. Eigentlich finde ich Briefeschreiben gemütlicher. Man kann das auch im Bett machen oder im Park. Jetzt maile ich dir, weil es schnell gehen muss. Ich versuche seit Tagen, Papa telefonisch zu erreichen, aber es kommt immer *Düdüdüüü, kein Anschluss unter dieser Nummer.* Das gibt's doch nicht. Kann doch nicht sein, dass ich mich immer verwähle. Ich hab Papa auch schon gemailt, doch er hat noch nicht geantwortet.

Deshalb habe ich an dich eine Riesenbitte. Guck doch mal bei uns vorbei. Ist ja nicht weit von dir. Und deine Mama braucht ja nichts zu wissen. Nur mal gucken, am besten so gegen 13 Uhr, da ist Papa ziemlich sicher zu Hause. Falls er überhaupt da ist. Ich darf gar nicht dran denken. Vielleicht liegt er tot in der Wohnung, weil er einen Herzanfall hatte. Oder Einbrecher haben ihn umgebracht, weil sie sauer waren, dass bei uns nichts zu holen ist. Oh, Isolde, falls niemand die Tür aufmacht, wenn du läutest, musst du die Polizei rufen. Naja, vielleicht fragst du vorher noch bei den Nachbarn, ob sie ihn gesehen haben. Aber wenn die ihn auch nicht gesehen haben, wirklich die Polizei rufen!!!

Aber nehmen wir mal an, er ist da und macht die Tür auf. Dann sagst du ihm einen schönen Gruß von mir, nein besser einen gaaanz schönen und lieben Gruß von mir *und* Mama. Und dass Mama einen Unfall hatte, im Krankenhaus liegt und er sich mal um die Krankenkasse kümmern soll. Dann musst du ihn natürlich fragen, was mit seinem Telefon los ist. Und er soll sich so schnell wie möglich melden.

Tust du das alles für mich? Ich weiß schon, dass du nicht gern zu uns gehst, seit Papa deine Mama mal so angemotzt hat. Aber da kann ich ja nichts dafür und ich weiß keine andere Lösung.

Bitte. *Deine Nora*

E-Mail

Liebe Isolde!

Eine Million Mal Danke. Du bist echt meine beste Freundin!

Ich bin ja so froh, dass Papa noch da ist. Ich hab wirklich gedacht, seine Leiche liegt in der Wohnung. So was kommt ja vor. Einmal ist einer beim Fernsehen in seinem Sessel gestorben und ist ein Jahr da sitzen geblieben. Tot. Und keiner hat's gemerkt. Er muss in der Weihnachtszeit gestorben sein, denn er hatte einen Christbaum mit Lichterkette im Fenster. Niemand ist misstrauisch geworden, obwohl die Lichterkette auch noch im Sommer geblinkt hat. Der Fernseher flimmerte die ganze Zeit. Der Vermieter hat es nicht bemerkt, weil die Mutter die Miete bezahlt hat. Stell dir mal vor, wie einsam der Mann gewesen sein muss! So einsam, dass ihn ein Jahr lang niemand vermisst hat. Uuh, aber ich will gar nicht so viel an solche Sachen denken …

Aber es gibt auch ein paar schöne Sachen. Zum Beispiel habe ich mich mit Beauty angefreundet und ich hab sie umgetauft. Ich nenn sie jetzt Rosie, weil ich den Namen Beauty so zickig finde. Rosie ist nämlich gar nicht zickig, sie ist eine wirklich freundliche Katze. Allerdings ist sie ein bisschen dick. Aber das ist kein Wunder. Jeder im Hotel steckt ihr was zu und besonders sportlich ist sie auch nicht. Rosie ist gar nicht empfindlich. Sie hat nie Schnupfen. Dafür hab ich einen. Von den verdammten Klimaanlagen. Ich hatte sogar einen Tag Fieber.

Außerdem bin ich froh, dass Papa mir von seinem Freund aus gemailt hat. Er kann nämlich nicht mehr von zu Hause aus mailen. Also pass auf, aber fall nicht in Ohnmacht! Bei Papa kommt man deshalb nicht durch, weil der Anschluss gesperrt ist. Das hat er dir nicht erzählen wollen, weil es ihm peinlich war. Er sagt, er hat 300 Euro Schulden bei der

Telekom. Dieser Idiot. Das kann man sich doch vorher denken, wenn man Tag und Nacht im Internet surft. Ich kenn das schon, wenn sie das Telefon abstellen. Papa vergisst öfter mal, die Rechnung zu zahlen. Dann kann man erst mal nicht mehr raustelefonieren. Wenn man dann immer noch nicht zahlt, kommt das *Düdüdüüü, kein Anschluss unter dieser Nummer.* Aber das ist bis jetzt noch nie passiert. Haha. Ich seh uns schon unter der Brücke wohnen.

Das mit der Telekom allein wäre ja noch nicht so schlimm. Dann zahlt man halt nicht. Dann hat man eben kein Telefon und kein Internet. Aber jetzt kommt's: Papa hat sich erkundigt, die Krankenkasse übernimmt keine Krankenhauskosten in den USA. Nur in der EU. Für die USA muss man eine private Auslandskrankenversicherung abschließen. Und Mama ist die Letzte, die an so was denkt. Ich darf mir das alles gar nicht ausmalen. Ein Tag im Krankenhaus ist bestimmt ganz schön teuer. Papa und ich haben überlegt, was wir machen sollen. Zurückfliegen wär vielleicht das Beste, aber Papa meinte, man kann den Flug nicht verschieben, weil das so ein Billigangebot ist, das sich nicht umbuchen lässt. »Nicht verzweifeln«, hat Papa gesagt. »Immerhin bist du in San Francisco.« Das hat mich getröstet.

Deine Nora

Liebe Isolde!

Puuh, jetzt bin ich echt im Mail-Fieber, das muss wieder aufhören. Nicht weil ich es doof fände oder Briefeschreiben sooo viel besser ist, aber ich muss zum Mailen immer an die Rezeption, und da ist Nick und den will ich nicht sehen. Denn dann muss ich's ihm sagen. Dass wir pleite sind und die Krankenkasse keinen Pfennig oder vielmehr keinen Cent bezahlt. Und dann wird er uns rausschmeißen. Oder Tom ist da und den will ich auch nicht sehen. Wegen Tom hab ich immer noch ein schlechtes Gewissen, weil ich ihn so schlimm beschimpft habe.

Mama hab ich das mit der Krankenkasse erzählt und sie hat sich total aufgeregt. »Siehst du! Ich hab's dir immer gesagt. Nicht ins Krankenhaus, das können wir nicht bezahlen! Aber du musstest ja diese verdammten Typen holen.«

»Ohne die Typen würdest du immer noch mit gebrochenem Bein auf der Treppe sitzen«, hab ich geantwortet.

Ich hab eine Blume aus ihrem Strauß am Nachttisch gerissen, ihr ins Gesicht geworfen und sie angeschrien, obwohl das Brüllen eigentlich Mamas Domäne ist. Seit dem Krach mit Tom, habe ich ständig das Gefühl, alle anschreien zu müssen. Mama war von meinem Ausbruch ganz verblüfft und hat an ihrem Bein gezerrt, das immer noch in dieser Vorrichtung hing. Sie hat so heftig gezerrt, dass ihr Bein runtergekracht ist. Mama ist vor Schmerz ganz blass geworden. Die Schwestern kamen gleich angerannt, haben mit Mama geschimpft und ihr Bein wieder aufgehängt.

Mama hat wirklich die Begabung, alles, wenn es schon schlimm genug ist, noch schlimmer zu machen. Und *sie* erzählt mir vom Buddhismus. Und dass man sich von seinem Ego lösen soll. Keine Ahnung, was das Ego ist, aber ich hab eine Zwei in Latein und *ego* heißt *ich*. Aber was es *bedeutet,* weiß ich nicht. Ist sicher was Mieses. So wie Egoist. Also, Mama ist meilenweit davon entfernt, sich von ihrem Ego zu lösen, und sie macht immer nur alles schlimmer, als vernünftig zu überlegen, was zu tun ist. Manchmal glaub ich, meine Eltern sind der reinste Kindergarten.

»Die Schwestern sind echte Hexen«, stöhnte Mama dann.

»Gestern hast du noch gesagt, alle seien so nett hier.«

»Gestern hab ich ja auch noch nicht gewusst, dass ich hier für alles selber bezahlen muss.«

So ist Mama. Dann war sie plötzlich ziemlich schweigsam und nachdenklich, und wir wussten nicht mehr, was wir reden sollten. Ich bin mit dem Bus zurück ins Hotel und denke seitdem darüber nach, wie ich Nick beibringen soll, dass wir pleite sind. Und wie ich mit Tom wieder Frieden schließe.

Vorhin war ich ein wenig spazieren, um meine Gedanken zu sammeln. Papa sagt, spazieren gehen ist ziemlich gut, weil das Gehirn dabei besser durchblutet wird und mehr Sauerstoff bekommt. Aber die ganze Durchblutung und der viele Sauerstoff haben nicht viel genutzt. Ich glaub, ich geh mal ausnahmsweise früh schlafen. Gute Nacht!

Deine Nora

P.S. Denk mal an mich. Vielleicht hilft das ja.

P.P.S. Papa hat mir eine total süße Mail mit einem Bild geschickt. Da war ein Glücksschweinchen drauf.

P.P.P.S. Als ich ins Hotel kam, lag Rosie in meinem Zimmer auf dem Boden und war hellblau. Obwohl die Strahler gar nicht an waren. Ich konnte es erst nicht glauben, aber ich hab sie hoch genommen und ins Tageslicht gehalten. Sie war *echt* hellblau.

P.P.P.P.S. Tom hat Rosie das Fell gefärbt, hat mir Bernardo erzählt. Er ist der Einzige, mit dem ich noch ohne schlechtes Gewissen reden kann. Ob die blaue Farbe wieder abgeht, hab ich gefragt. Bernardo hat gelacht und gesagt, das sei nur eine Tönung und gehe nach ein paar Wäschen raus. Als wenn Katzen sich jemals die Haare waschen würden!

P.P.P.P.P.S. Jetzt passt der Name Rosie gar nicht mehr. Aber ich kann sie doch nicht schon wieder umnennen!

Jetzt aber endgültig: tschüss.

Liebe Isolde!

Es ist jetzt ungefähr Mittag, und weißt du, wo ich gerade bin? Auf einem Schiff. Naja, Schiff ist vielleicht übertrieben, sagen wir, ich bin auf einem Boot. Auf einer Sightseeingtour durch die Bay von San Francisco. Gerade fahren wir auf die Golden Gate Bridge zu, und der Käpt'n sagt, wir sollen uns alle gut festhalten, weil es gleich aufs offene Meer rausgeht und die Wellen größer werden. Endlich sehe ich mal die Brücke. Ohne Nebel und in Echt. Aber jetzt kommt Tom, ich pack mein Schreibzeug mal lieber weg.

Nun komme ich endlich dazu, dir von unserer Schiffchenfahrt zu erzählen. Also, es war morgens, ich lag in meinem himmelblauen Bett und Rosie war bei mir. Ich hab zu ihr gesagt: »Bald bin ich nicht mehr da, denn bald schmeißen sie mich hier raus.« Rosie hat mich angeschnurrt und wollte mich trösten. Früh morgens ist immer alles am schlimmsten, da traue ich mich gar nicht aus dem Bett. Weil ich denke: Was kommt heute wieder für eine Katastrophe?

Plötzlich klopfte es an der Tür. Ich sagte: »Yes, please.« Die Tür ging auf und Bernardo stand da. Nicht in Jogginghosen, nicht im pinkfarbenen Abendkleid, sondern ganz normal mit Jeans und Turnschuhen. Er fing sofort an zu reden, und ich hab nur verstanden, dass ich schleunigst aufstehen und mich anziehen soll. O Gott, jetzt ist es so weit, dachte ich. Jetzt muss ich fort von hier. Ich hab Bernardo wohl so verschreckt angesehen, dass er mich angelächelt hat und wieder was erklärt hat. Komisch, eigentlich kann ich ja wirklich kein Englisch, aber ich hab genau verstanden, was er will. Nämlich, dass er das nicht mehr mit ansehen könne, das mit Tom und mir, und dass er deshalb mit uns einen Ausflug machen möchte. Ich hab mich ganz schnell angezogen und auch eine Jacke mitgenommen. Ich sag dir was. Hier in San Francisco braucht man immer eine Jacke, weil es immer windig ist und nie so warm wie bei uns. Und ich dachte, ich bin in Kalifornien!

Dann sind wir zusammen runter zur Rezeption, wo Tom schon wieder auf seiner Couch lag und MTV glotzte. Bernardo hat Tom eine *fucking couch potato* (das ist so was wie ein blöder Rumhocker) genannt und gesagt, er soll mitkommen. Tom hat finster geguckt, hat sich dann aber doch erhoben. Bernardo ist wirklich super. Der braucht einen bloß anzusehen und schon ist aller Ärger weg.

Bernardo hat uns in sein Auto, einen total abgefahrenen Schlitten, geschubst. Ich kenn mich mit Autos nicht aus, jedenfalls war es rosa und ohne Dach. Das Auto hat uns durch die Stadt geschuckelt, auf und ab, und der Wind hat unsere Haare ins Gesicht geweht. Ich versteh das nicht: Man fährt vorwärts und trotzdem weht es einem die Haare *ins* Gesicht. Ich glaube, das hat mit Physik zu tun. Papa könnte das bestimmt erklären, er kann alles erklären, was mit Physik zusammenhängt.

Wir haben nicht viel geredet auf der Fahrt. Nur Bernardo hat hin und wieder erklärt, wo wir sind und an was wir gerade vorbeifahren. Schließlich haben wir in der Nähe von *Fisherman's Wharf* gehalten und sind zu den *piers* gegangen. Das ist da, wo die Schiffe abfahren. Wir haben Karten für eine Schiffstour durch die Bay gekauft. Bevor wir aufs Schiff gegangen sind, wurden wir alle fotografiert. Ich hab die Fotos gekauft und steck sie dir mal in den Umschlag, damit du siehst, wie Tom und Bernardo aussehen. Fall aber nicht in Ohnmacht. Es sind ganz fürchterliche Polaroids. Tom schaut wie ein Schwerverbrecher und ich, als trüge ich alles Leid der Welt auf meinen Schultern.

Kurz darauf sind wir an Alcatraz vorbeigefahren. Das ist eine Insel in der Bay, auf der früher ein Gefängnis war. Tom stand am Bug und hat durch ein Fernglas die Festung angeguckt. Ich war nicht weit von ihm entfernt und hab mir gedacht: Ich muss was zu ihm sagen, sonst haben wir die ganze Schifffahrt hindurch kein Wort geredet und alles war umsonst. Aber mir ist nichts eingefallen, außer »Gib mir auch mal das Fernglas«. Aber das fand ich keinen guten Satz. Da hat Tom plötzlich gesagt: »Willst du mal das Fernglas?«, und hat es mir hingehalten. Ich hab es genommen und dabei Toms Finger berührt. Sie waren eiskalt. Wie meine. Aber innerlich ist mir ganz heiß geworden. Tom hat wieder mit mir geredet! Ich hab durch das Fernglas geschaut, aber überhaupt nichts gesehen, alles war ganz winzig und ich war ganz zittrig und aufgeregt. Tom hat gelacht: »Du musst das Fernglas andersrum halten.« Oh Gott, wie peinlich. Ich hab verkehrt herum durch das Fernglas geguckt! Tom hat mich angelacht. Vielleicht hat er mich auch ausgelacht. Es war mir egal. Hauptsache lachen. Und ich hab mitgelacht. Dann hab ich richtig rum durchs Fernglas geschaut, und Tom hat erklärt: »Alcatraz war das ausbruchsicherste Gefängnis der Welt. Nie ist einem Gefangenen die Flucht gelungen.«

»Aber es ist doch gar nicht weit zum Ufer. Da kann man doch rüberschwimmen. Ich meine, wenn man mal aus dem Gefängnis draußen ist.«

»Haha. Denkst du. Aber genau das ist der Irrtum. Das Wasser ist eiskalt, es wird nie wärmer als 16°C und die Bay ist voller Strömungen und Haie.« »Haie? Hier?« Das denkt man gar nicht. Die Bay sieht so harmlos aus. Und die Strömungen sieht man auch nicht.

»Oje. Und wenn das Schiff nun sinkt?«, hab ich laut überlegt.

»Dann fressen uns die Haie. Oder wir sterben an Unterkühlung.« Tom hat gelacht, als er das gesagt hat. Der hat echt einen komischen Humor. »Aber das passiert nicht. Das Schiff sinkt nicht.«

Woher Tom das wohl bloß weiß? Ich musste an die Titanic denken. Die galt als unsinkbar. Und dann musste ich plötzlich wieder lachen. Weißt du warum? Weil Tom und ich vorn am Bug standen. Fehlte bloß noch, dass ich die Arme ausstrecke und rufe: »Ich fliege!« Wie in dem Film! Tom hat, glaub ich, nicht verstanden, warum ich so lache, aber er hat auch mitgelacht.

Bernardo hat uns dann noch Eis spendiert, und wir haben den Robben zugesehen, die am Pier 39 wohnen. Die haben sich da einfach breitgemacht und werden von den Touristen fett gefüttert.

So, aber glaub nicht, ich lass dich hier mit einem Happy End sitzen! Unser Boot ist zwar nicht wie die Titanic auf einen Eisberg gefahren, dafür ist was anderes passiert.

Auf der Rückfahrt sind wir wieder Richtung Hotel gegondelt, und ich hab Tom unterwegs gefragt, ob im Hotel seines Vaters öfter mal Prominente sind. Das interessierte mich, weil ich ja auch mal berühmt werden möchte, und dann ist es gut, wenn man früh anfängt und andere berühmte Leute kennen lernt.

»Klar«, hat Tom gesagt. »Immerzu.«

»Wer denn? Ich meine, außer George Clooney.«

»Äh. Naja. Ständig welche.«

»Wer denn?«

»Ach, die kennst du alle nicht. Sänger, Schauspieler, Künstler.«

»Na, wer denn zum Beispiel?«

Langsam kam es mir so vor, als wüsste Tom es selber nicht. Oder er kennt gar keine Prominenten. Nach kurzem

Überlegen hat er gesagt: »Zum Beispiel Freddy Mercury. Der war neulich da. Hat Papa erzählt.«

»Freddy Mercury? Der von Queen? Der ist doch seit Jahren tot.«

Tom ist doch ein elender Angebersack. Aber jetzt hatte ich ihn erwischt. Tom wurde rot. »Echt? Wie kommst du denn darauf?»

»Das weiß ich. Weil Mama ganz traurig war, als er gestorben ist. Sie kauft an seinem Todestag immer weiße Rosen.«

»Nee, Freddy Mercury lebt. Papa lügt doch nicht. Das mit Freddy Mercurys Tod ist eine Erfindung der Medien.»

Ich glaub Tom kein Wort. Mama kauft doch nicht grundlos jedes Jahr am 24. November weiße Rosen. Entweder die Medien haben wirklich seinen Tod erfunden oder *Tom* lügt wie gedruckt. »Ach komm«, habe ich zu Tom gesagt. »Gib einfach auf. Du bist doch schon knallrot.«

Tom wurde noch röter und sagte: »Najaaa.«

Plötzlich hielt Bernardo in der Market Street, lehnte sich zurück und zündete sich eine Zigarette an. »Wir warten hier auf Alfred«, sagte Tom. Dann kam Alfred angetippelt. Bepackt mit fünf Tüten. Vor dem Auto ist er mit seinen hohen Absätzen umgeknickt. Alfred hatte heute ein hellblaues Kostüm an. Er hat mit Bernardo geschimpft, weil Bernardo so hässliche Jeans trägt und sich nicht ordentlich stylt. Die Turnschuhe! Turnschuhe seien doch das Letzte, hat Alfred gesagt. Alfred hat Bernardo trotzdem geküsst und ihm seine

Einkäufe gezeigt: ein fliederfarbenes Kostüm mit passendem Hut dazu. Ich glaube, damit sieht er aus wie die Queen. Alfred hat echt einen sonderbaren Geschmack.

Bernardo gab endlich Gas und wir sind zum Hotel zurückgefahren. Kurz bevor wir ankamen, hat Tom mir ins Ohr geflüstert: »Weißt du, was Bernardo mich vorhin gefragt hat?«

»Nö.«

»Warum wir uns auf dem Boot nicht geküsst haben. Wir hätten nämlich so ausgesehen wie in dem Film.«

»Wie in Titanic?«

»Mmh.«

Und schon wieder musste ich furchtbar lachen.

Rosie ist uns zur Begrüßung entgegengesprungen. Sie hat Tom angefaucht. Wahrscheinlich nimmt sie ihm immer noch übel, dass er sie blau gefärbt hat. Aber ich glaube, sie ist schon ein bisschen weniger blau als gestern.

Nick erwartete uns schon und sagte: »Nora, ich muss mit dir reden.« Dieser Satz hat gereicht. Ich war wieder zurück in der Wirklichkeit. Aber es kam noch schlimmer, denn Nick fuhr fort: »Deine Mutter ist aus dem Krankenhaus verschwunden.« Dazu gibt es erst mal nichts weiter zu sagen. Ich gehe jetzt ins Bett und hoffe, dass ich morgen aus diesem Albtraum wieder aufwache.

Deine Nora

Liebe Isolde!

Ich hab schlecht geschlafen. Morgens war ich deswegen total wütend. Wenn Mama mal nicht schlafen kann, nimmt sie einfach Tabletten und schon ist sie wieder ganz ruhig. Und ich? Ich muss das alles aushalten.

Ich hatte es mit Schafezählen probiert, aber dann ist mir eingefallen, dass Papa gesagt hat, das macht einen noch wacher. Besser sei es, an Wasserfälle zu denken. Ein bisschen haben die Wasserfälle geholfen.

Nick und ich haben am Abend noch in der Wohnung von José und Julio angerufen, wo Mama und ich gewohnt haben. Aber da war bloß der Anrufbeantworter dran, und ich habe draufgesprochen, dass sich Mama im Hotel Michelangelo melden soll. Aber bisher hat sie sich nicht gemeldet. Ich weiß wirklich nicht, wo sie sonst sein könnte. Sicher, Mama hat einen Haufen Bekannte hier, aber Freunde?

Um sechs Uhr morgens hab ich's nicht mehr ausgehalten und bin aufgestanden. Der Park am Alamo Square liegt um diese Zeit noch ganz ruhig da. Nur ein paar Hundebesitzer führen ihre Hunde Gassi. Und ich sitz auf einer Bank, schreibe dir und zähle mein Geld.

Von den 250 Euro sind noch ganze 20 Dollar übrig. Aber dann ist mir eingefallen, dass ich ja von Tom noch 50 Dollar hatte, damit ich die Fotos abhole. Du weißt schon, die von unserer Klo-Tour. Er traut sich nämlich nicht ins Fotogeschäft. »Wieso denn nicht?«, hab ich ihn gefragt. »Weil sonst alle denken, ich sei pervers.« – »Ach, und wenn *ich* sie abhole, dann denkt niemand, ich sei pervers?« – »Nein. Du bist ja ein Mädchen.«

Jedenfalls hatte ich die Fotos völlig vergessen. Tom auch. Und jetzt hab ich in meinem Geldbeutel 50 Dollar. 50 Dollar. 50 und 20 gibt 70. 70 Dollar. Lächerlich. Was nützen mir 70 Dollar, wenn mir etwa 5000 fehlen? 70 von 5000 ist 1,4 %. Ich habe ungefähr eine halbe Stunde gebraucht, um das auszurechnen. Ich konnte mich nicht konzentrieren. Dabei hilft Rechnen eigentlich gegen Unruhe. Zählen auch. Zu Hause hab ich mal alle Samen gezählt, die der Ahornbaum vor meinem Fenster abgeworfen hat. Du kennst den Baum. Er ist riesig. Nach dem Zählen war ich total beruhigt. Große Zahlen beruhigen. Vielleicht hat das Rechnen deshalb nicht geholfen. Weil eine so kleine Zahl rausgekommen ist. Aber immerhin bin ich zu dem Schluss gekommen, dass es relativ egal ist, ob man 1,4 % oder 0,4 % der Summe hat, die man benötigt. Ehrlich, ich hab nämlich schon überlegt, ob ich Toms Geld nicht einfach einstecken soll. Aber das wäre fies. Tom braucht die Fotos und ich brauche wesentlich mehr als 50 Dollar.

So, die Hunde im Park haben ihr Geschäft erledigt und ich werde mich auf den Weg zu der Wohnung von José und Julio machen. Wenn Mama schon nicht ans Telefon geht, macht sie ja vielleicht die Tür auf.

Ich sitze auf dem Boden. In der Wohnung. Niemand hat die Tür aufgemacht. Warum nicht, das wirst du gleich erfahren. Du glaubst es nicht!

Ich hab also geläutet, sicherlich zehn Mal. Na ja, acht Uhr ist vielleicht ein bisschen früh für Mama, deshalb bin ich dann in den Laden, wo Mama und ich immer eingekauft haben. Tarek, wie der nette Verkäufer heißt, war da und auch seine Tochter. Von der hab ich dir ja noch gar nicht erzählt. Sie ist auch dreizehn, spricht ein grauenhaftes Englisch, ungefähr so grauenhaft wie ich. Deshalb verstehe ich sie wahrscheinlich so gut. Sie heißt Nur. Das bedeutet Licht. Vielleicht mag mich Tarek deshalb so gern. Weil ich so ähnlich heiße wie seine Tochter. Er spricht *Nora* deshalb auch immer mit u aus. Nura. Tarek und Nur sind aus dem Libanon. Flüchtlinge.

Nur ist blind. Seltsam, nicht wahr, wenn man Licht heißt und blind ist. Sie weiß gar nicht, was das ist. Licht. Trotzdem sieht sie alles, sagt Tarek. Nur hat mir zum Beispiel mal genau beschrieben, wie ich aussehe. Sogar meine Haarfarbe hat sie mir sagen können.

Ich habe mir ein Sandwich gekauft, weil ich schon richtig Bauchweh vor Hunger hatte. Tarek hat mich nach Mama gefragt. Ich sagte: »She is gone.« Tarek hat mich entsetzt angesehen. »Gone?« Da hat plötzlich Nur gesagt: »I saw her at the street.« – »But …« Nur kann doch gar nicht sehen! »She can see everything«, erklärte mir Tarek voller Überzeugung.

Ich bin sofort wieder zu der Wohnung gerannt. Mama musste dort sein, wenn Nur sie doch auf der Straße gesehen hatte! Mein Sandwich und das Wechselgeld hatte ich in der Eile im Laden liegen lassen. An der Haustür hab ich wieder Sturm geläutet und am Eisengitter gerüttelt. Niemand hat geöffnet. Da ist mir die Feuerleiter eingefallen, über die ich ja schon an meinem ersten Abend in die Wohnung gekommen war. Ich hab mich durch den verstunkenen Häuserspalt gezwängt und bin die Feuerleiter hochgeklettert. Das Küchenfenster stand offen. Das ist normal. Sie lassen immer das Fenster offen. Die Wohnung war leer. Nein, nein, nicht nur menschenleer. Sie war *komplett* leer. Nichts mehr da. Keine Möbel, keine Menschen, kein Dreck. Alles weg.

So langsam war ich mir nicht mehr sicher, ob bei mir noch alles ganz richtig im Kopf war. Das war doch nicht möglich. Julio und José, die eigentlichen Mieter, konnten sich doch nicht in Luft aufgelöst haben. Und der ganze Müll in der Wohnung doch erst recht nicht. Außerdem hatte ich doch auf den Anrufbeantworter gesprochen! Ich bin durch die leere Wohnung gegangen. Meine Schritte hallten. Vielleicht war ich ja in einem Horrorfilm von Stephen King.

Meine Knie wurden ganz weich und ich habe mich auf den kalten Boden gesetzt. Da sitze ich nun, schreibe dir und auch Mama einen Brief. Dass sie sich bitte, bitte, bitte, bitte, bitte, bitte, bitte melden soll. Dabei ist mir aufgefallen, dass ich sieben Mal *bitte* geschrieben habe. Das ist doch eine heilige Zahl, oder? Jetzt höre ich Schritte. Ich glaube, es ist aus.

Es war Nur. »Your mother is not here«, stellte sie fest. »Das weiß ich auch«, hab ich auf Deutsch zu ihr gesagt. »Und außerdem. Tu nicht so, als wärst du blind. Ihr wollt mich doch alle in den Wahnsinn treiben. Aber das schafft ihr nicht!« Ich habe meinen Kugelschreiber nach Nur geworfen. Sie hat nicht mal gezuckt. Vielleicht ist sie ja doch blind. Oder die raffinierteste Betrügerin, die ich kenne. Ich bin aufgestanden und auf sie zugegangen. »Nur, wenn du alles siehst, dann sag mir, wo meine Mutter ist.« Das habe ich natürlich wieder auf Englisch gesagt und Nur antwortete: »Give me 50 Dollars and I will tell you.« Dieses Biest! Diese verdammte, blinde Hellseherkuh. »Du kannst mich mal«, hab ich gesagt und bin hinausgerannt.

Jetzt sitze ich an der Market Street und sehe den Cable Cars zu. Vor mir ist der Fotoladen, wo ich die Bilder abholen soll. Oder soll ich doch dieser Hexe Nur die 50 Dollar geben? Bis jetzt hat sie ja wirklich alles gesehen. Sie wusste sogar, dass ich am 14. März Geburtstag habe. Und die 50 Dollar hat sie auch gesehen. Durch die Tasche. Andererseits Tom. Ich kann ihn doch nicht betrügen. Ich betrüge ihn sowieso schon, weil ich ihm nicht gesagt habe, dass wir pleite sind. Pah. Nur kriegt von mir keinen Cent. Mama finde ich selber. Sie wird schon irgendwo sein. Sie ist ja kein kleines Kind und jetzt gehe ich ins Fotogeschäft.

Die 50 Dollar haben genau gereicht. Sind sogar zwei Dollar übrig geblieben. Das reicht für ein neues Sandwich. Oder ich geb die zwei Dollar Nur. Vielleicht sagt sie mir dafür wenigstens, in welcher *Straße* Mama ist.

Die Fotos sind total misslungen. Ich hab mich geschämt im Fotoladen. Aber nicht, weil Klos auf den Fotos sind, sondern weil alles verwackelt oder unterbelichtet ist. So ein Mist. Am liebsten würde ich die Fotos wegwerfen.

Inzwischen bin ich im Marriott Hotel. Erst war ich oben im Aussichtscafé im 39. Stock. Ich hab nach unten gesehen. Vielleicht hab ich gehofft, Mama ganz klein da unten herumlaufen zu sehen. Hier oben ist alles gut. Weil alles so weit weg ist. Man sitzt in einem sicheren Glaskasten, es ist hell und warm und man kann alles sehen. Aber niemand sieht mich und alle lassen mich in Ruhe. Dachte ich. Aber der Kellner fand, dass ich lange genug geguckt hätte und nun entweder was bestellen oder gehen müsste. Ich bin gegangen. Aber im Aufzug hätte ich beinahe losgeheult. Ich glaube, es braucht nur noch ein Windhauch zu kommen und ich kipp aus den Latschen. Im Aufzug hab ich mich im Spiegel angeschaut. Ich hab furchtbar ausgesehen. Ungekämmt, staubiges T-Shirt, staubige Schuhe und irgendwie grün um die Nase. Und dann hab ich das Plakat gesehen.

Ich hab ewig gebraucht, um zu kapieren, um was es dabei ging. Fünf Mal bin ich mit dem Aufzug 39 Stockwerke rauf- und wieder runtergefahren, um alles zu entziffern. Also: Das Marriott Hotel veranstaltet einen Kunstwettbewerb, bei dem man 5000 Dollar gewinnen kann. Das Kunstwerk, das man einreicht, muss was mit dem Hotel zu tun haben.

5000 Dollar. Das ist sicher etwa die Summe, die ich brauche. Ich hab das Plakat abgenommen und bin damit zur Rezeption. Die Dame dort hat mich erst ganz böse angesehen, weil ich das Plakat abgerissen habe. Aber ich kann ja nicht richtig Englisch und wollte doch nur wissen, wie man bei diesem Wettbewerb mitmacht. Da war die Dame ganz freundlich und hat mir einen Haufen Zettel mitgegeben, mir erklärt, was ich ausfüllen muss und wie groß mein Kunstwerk höchstens sein darf: 50 × 50 Inch. Diese verdammten Maße, mit Zentimetern wäre doch alles viel leichter. Ich glaub, ein Inch hat ungefähr 2,5 cm. Das weiß ich vom Computer. Also 125 × 125 cm. Hm. Das ist ja riesig. Ob es so groß sein *muss,* hab ich gefragt. Mein größtes Bild, das ich jemals gemacht habe, war DIN A3. Nein, nein, hat sie gesagt. Es könne auch ganz klein sein.

So, jetzt gehe ich nach Hause. Ich hab nämlich einen Plan. Aber davon erzähle ich Dir im nächsten Brief.

Deine Nora

Liebe Isolde!

Auf dem Rückweg ins Hotel Michelangelo bin ich noch bei dem Laden vorbeigegangen, um das liegen gebliebene Sandwich zu holen. Tarek war da und Nur, seine zuckersüße Tochter auch. Tarek hat mich unfreundlich angesehen und mir mein inzwischen labbriges Sandwich gegeben. »Und mein Wechselgeld?«, habe ich vorsichtig gefragt. »Your change?« Tarek hat mich noch unfreundlicher angesehen und wollte wissen, was ich noch alles will. Bestimmt hatte ihm Nur erzählt, dass ich vorhin so sauer auf sie war. Tarek hat mir das Wechselgeld gegeben und ich hab den Laden möglichst schnell verlassen.

Unterwegs ist mir das Sandwich runtergefallen, weil ich vor lauter Hunger so hektisch war. Ich hätte es auch wieder aufgehoben, aber es ist doch tatsächlich in einen Haufen Hundekacke gefallen. So was. So ein Tag. Aber eigentlich sind alle Tage *solche* Tage. Ob man sich daran gewöhnen kann?

Im Hotel saß Tom wieder auf seiner Couch, ließ MTV laufen und hat Comics gelesen. »Ich hab die Fotos«, habe ich zur Begrüßung gesagt. Tom hat die Comics beiseite geworfen. »Die Fotos!«

»Sie sind nichts geworden.« Toms Gesicht hat sich sofort verdüstert. »Wie?«

»Zu dunkel, verwackelt, unscharf.«

»Ach so.« Tom klang erleichtert. »Ich dachte schon, es wäre *gar* nichts drauf.«

Tom hat sich die Fotos angeschaut. »Die sind doch okay. Meine werden auch nie besser. Aber wo sind die aus dem Marriott?« Tom muss ein Wahnsinnsgedächtnis haben. Schaut sich hundert Fotos an und merkt, dass sechs fehlen.

»Die sind nichts geworden. Ich hab sie zurückgegeben. Total schwarz.« Das war natürlich gelogen. Ich hatte die Fotos aus dem Marriott nämlich schon vorher aussortiert. Die brauche *ich*.

Wozu ich die Fotos brauche? Ich sitze gerade in meinem schönen blauen Zimmer und bemale die Fotos. Mit lauter nackten Frauen. Ich hab mir gedacht, das sieht bestimmt interessant aus. Das hab ich mir bei José abgeguckt. Der studiert Kunst und macht das auch immer: unscharfe Fotos bemalen. Der muss es wissen.

Ich kann nicht besonders gut zeichnen. Das Einzige, was ich malen kann, sind nackte Frauen. Das hat mir Papa beigebracht. Papa kann ganz toll malen. Er hat mir auch das mit den Proportionen erklärt und wie man Schatten setzt. Das kann ich jetzt brauchen. Aber ehrlich gesagt, so schön sind meine nackten Frauen nicht geworden. Aber das macht nichts. José kann auch nicht zeichnen und ist trotzdem Künstler. Wenn ich die Fotos alle bemalt habe, klebe ich sie auf einen Karton und fertig. José hat mit so was schon mal einen Kunstpreis gewonnen. Vielleicht klappt es ja auch bei mir. Es *muss* klappen. Ich brauche das Geld. Ist doch eine gute Idee, oder? Und vielleicht werde ich dann sogar ein bisschen berühmt. Mit nackten Frauen auf unscharfen Hotelklos. Hihi.

Auf den Bewerbungsunterlagen muss man sein Geburtsdatum eintragen. Und ich bin doch noch nicht erwachsen. Vielleicht darf man dann bei dem Wettbewerb gar nicht mitmachen. Also hab ich Mamas Namen und Mamas Alter hineingeschrieben.

Jedenfalls hat Tom mich gefragt, wo ich die ganze Zeit war.

»Bilder abholen.«

»Aber doch nicht den ganzen Tag.«

»Doch. Mit Trödeln schon.«

»Du hast deine Mutter gesucht.« Dann Pause. »Amerika ist groß.«

Tom ist ein Arsch. Der kann einem echt Hoffnungen machen. Aber Tom hat gar nicht wie ein Arsch ausgesehen, als er das sagte. Eher unglücklich. »Um die Erwachsenen darf man sich keine Gedanken machen. Die kommen und gehen, wann sie wollen.« Ist das so, Isolde?

Tom hat weitergeredet: »Vor drei Jahren ist mein Papa plötzlich verschwunden. Mama dachte, er hat 'ne Freundin. Aber er hatte einen *Freund*. Toll. Ein Jahr haben wir nichts von ihm gehört. Dann kam plötzlich ein Brief aus San Francisco. Dass er dahin ausgewandert ist. Echt super.« Tom hat dem Tisch einen Tritt gegeben. Seine Cola ist übergeschwappt und es hat sich ein brauner See auf dem Tisch gebildet. »Sag mal«, hat Tom dann plötzlich gefragt, »warum ist deine Mutter eigentlich nach San Francisco?« Das war eine gute Frage, die ich mir so noch nie gestellt hatte. Mama ist eben nach San Francisco. Ich meine, ich kenn das Wort *San Francisco,* seit ich denken kann. Genauso lang wie die Wörter: *Marktforschung, Finanzamt, Baghwan* und *Freddy Mercury.* Ich hab die Wörter gekannt, aber ich habe nie verstanden, was sie *bedeuten.* Und jetzt sind wir in San Francisco,3 und ich habe keine Ahnung, was es soll. Verstehst du, was ich meine? Ich renne von hier nach dort, schaue Sehenswürdigkeiten an, pass auf Mama auf, esse, trinke, schlafe und streite. Aber ich weiß nicht, was es soll. Gibt alles keinen Sinn. Warum bin ich in San Francisco und nicht in Bombay, Sydney oder Wuppertal?

»Ist deine Mutter lesbisch?«

»Mama?«

»Viele gehen nach San Francisco, weil sie lesbisch oder schwul sind.«

»Mama? Nee. Außerdem will sie doch gar nicht hier bleiben.«

»So? Woher weißt du das? Deutet doch alles darauf hin.«

»Was deutet darauf hin?«

»Na, alles eben. Und jetzt ist sie auch noch abgehauen. Sie will ihre Ruhe. Ich sag dir was. Such sie nicht. Wenn sie was will, wird sie sich schon melden.«

»Und wenn nicht? Was wird aus Papa? Und mir?«

»Du fliegst nach Hause und dann macht ihr eben zu zweit weiter. Ich bin in Wien mit meiner Mutter auch zu zweit.«

So ist das. Das hat Tom gesagt. Mit unbewegter Miene. Irgendwie nehm ich ihm seine Coolness nicht ganz ab. Sonst hätte er doch nicht den Tisch getreten und alle seine Nägel abgenagt.

Es ist jetzt mitten in der Nacht. Ich hab eine ganze Tafel Schokolade gegessen. Ich mach das sonst nie. Aber ich musste. Weil ich ein bisschen gekifft habe. Papa muss dann auch immer ganz viel Schokolade essen. Ich dachte immer, das sei eine Ausrede, aber es stimmt wirklich. Weil man wirklich ganz furchtbaren Hunger davon bekommt. Für das Kiffen kann ich nichts. Da sind Bernardo und Alfred schuld. Wie immer. Und natürlich Tom. Wir haben unten gesessen, in einem Nebenraum. Plötzlich kamen Bernardo und Alfred angewackelt. Total gut gelaunt. Ich war heilfroh, dass wenigstens irgendwer an diesem Tag gute Laune hatte. Alfred trug sein neues Kostüm. Mit Hut. Sehr schön. Und sehr geschmacklos. Bernardo war ungestylt. Ist mir ehrlich gesagt lieber. Weil ich dann weiß, mit wem ich rede. Aber Alfred hat natürlich an Bernardo rumgenörgelt, weil Bernardo sich nicht so pflegt. Und seine Hände rissig waren. Bernardo hat Alfred auf den Mund geküsst, damit er seine Klappe hält, und Alfred hat aus einem eleganten Döschen eine Riesenzigarette rausgeholt. Das war ja nun ein Stilbruch! So eine feine Dame, aber dann fette, unförmige, selbst gebastelte Zigaretten rauchen! Bernardo hat das Ding angezündet, an Tom weitergegeben und Tom hat richtig professionell daran gezogen. Ich dachte noch, das riecht aber komisch, aber selbst gedrehte Zigaretten riechen nun mal anders als Filterzigaretten. Dann hat Tom mir die Zigarette hingehalten, und ich hab mich ein bisschen gewundert, weil normalerweise Zigaretten nicht herumgereicht werden. Ich hab gezogen und musste husten. Ich dachte, mir zerreißt's die Lunge. Und dann hab ich es kapiert. Weil mir ein bisschen komisch wurde von dem Zug. Die kiffen! Das heißt: *Wir* kiffen.

Es hat mich total erstaunt, dass Bernardo und Alfred uns so einfach mitrauchen lassen. Papa sagt, das ist nichts für Kinder. Dabei bin ich doch gar kein Kind mehr. Ich kann nicht rauchen und sah dabei sicher aus wie ein Drache, dem der Qualm aus den Ohren rauskommt. Wirklich. Ich kenne wen, der kann aus den Ohren rauchen. Weil er Löcher im Trommelfell hat.

Nach der zweiten Runde hat sich mein Magen zusammengekrampft und mir ist schlecht geworden. Und schwindlig. So sehr, dass ich das Ding gar nicht mehr weitergeben konnte, es auf den Teppich gefallen ist und ein Loch reingebrannt hat. Alfred hat furchtbar rumgekichert und Tom auch. Ich hab mich zurücklehnen müssen, so schwindlig war mir. Und so schlecht. So schlecht war mir im Leben nicht. Außer einmal, als ich mit Mama und Papa mit dem Schiff nach Sardinien bin und es einen Sturm gab. Aber sonst wirklich nicht. Und dann hab ich über den Tisch gekotzt. Da lag mein Sandwich in appetitlichen Einzelteilen: Schinken, Tomate, Salatblatt. Alfred wurde daraufhin völlig hysterisch. Wegen seinem neuen Kostüm! Weil ein bisschen Kotze auf seinen Rock gespritzt ist. Tom hat sich gebogen vor Lachen. Weil ja alles sooo witzig war! Bernardo war der einzige Vernünftige. Er hat mir den Mund abgewischt und mich raufgetragen. Unterwegs hab ich ihm erzählt, dass Freddy Mercury wirklich tot ist, aber kein Grab hat, weil er verbrannt wurde.

Und jetzt liege ich in meinem blauen Bett. Seltsam. Oder toll. Es passieren die schlimmsten Katastrophen, aber ich wache immer in meinem blauen Himmelbett auf. Rosie sitzt neben mir und schnurrt. Auf dem Boden liegen immer noch meine Fotos. Wo die Schokolade herkam, weiß ich nicht. Sogar Milka. Richtig lecker. Aber hier wundert mich nichts mehr. Gerade hab ich was beschlossen: Ich werde doch *meinen* Namen und *mein* Alter in die Formulare eintragen. Schließlich mach *ich* bei dem Wettbewerb mit und niemand sonst. Und wenn ich was gewinne, ist es *mein* Geld. So. Morgen gebe ich meine Kunstwerke ab.

Deine Nora

Lieber Papa!

Vielen Dank für das Glücksschwein. Das kann ich gut brauchen. Dich hätte ich hier auch ganz gut brauchen können, weil du doch so gut zeichnen kannst. Naja, ich habe es ganz gut hingekriegt, aber du fehlst mir trotzdem. Ist alles ein bisschen anstrengend hier.

Ich hab für deine Postkarte auch ein Glücksschwein ausgesucht, weil du ja gemailt hast, dass du zu einem Vorstellungsgespräch gehst. Sag mal, warum bringen Schweine eigentlich Glück?

Deine Nora

Liebe Isolde!

Deine Mail hat mir einen ganz schönen Schrecken eingejagt. Deine Mutter hat also meine Briefe und Mails gelesen und sagt, sie seien schädlich für dich. Und sie behauptet, ich sei eine Lügnerin und würde alles nur erfinden, um mich wichtig zu machen. Ich sag dir was: Ich könnte so einen Quatsch nie erfinden. Das ist alles die absolute Wahrheit. Ich kann doch nichts dafür. Hier passiert eben lauter so Zeug. Hm, ein bisschen was kann ich schon dafür, diesmal jedenfalls. Aber das erzähle ich dir später. Wenn ich dir nicht mehr schreiben könnte, würde ich sicher ganz verrückt werden. Sag das deiner Mutter mal. Und sag ihr, dass es ein Briefgeheimnis gibt. Ach nein, sag's ihr lieber nicht, sonst kriegst du bloß noch mehr Ärger. Ich bin froh, dass du eine neue Adresse aufgetrieben hast, an die ich schreiben kann. Wer ist A. Kittel? Ein Junge oder ein Mädchen? Sag dieser Person ganz herzlichen Dank!

Im Moment sitze ich auf dem Boden in der leeren Wohnung von José und Julio, da wo früher mal das Sofa stand, und zähle Risse in den Wänden. Die Risse sind vom letzten Erdbeben, hat Mama gesagt. Das war 1989 und hatte die Stärke 7,1. Die Bay Bridge ist dabei ziemlich beschädigt worden. Die Bay Bridge ist nicht so berühmt wie die Golden Gate Bridge, obwohl sie viel länger ist. Und auch spannender. Weil man darauf zweistöckig fahren kann. Unten hin, oben zurück.

Bay Bridge hin oder her, jedenfalls muss jeder in San Francisco ein *earthquake-kit* haben. Das ist so eine Art Notfallkoffer fürs Erdbeben. Decken müssen drin sein, ein paar Liter Wasser, Verbandszeug und eine Taschenlampe und so. Naja, eigentlich sind Erdbeben gerade meine geringste Sorge, aber es beruhigt mich, darüber nachzudenken.

Mir ist kalt. Es wird langsam Abend und nachts ist es sicher noch kühler. Im Kamin liegen noch ein paar Holzscheite und Zeitungspapier. Ich habe noch zehn Zündhölzer und mache ein Spiel: Wenn ich es schaffe, Feuer zu machen, wird alles gut.

Nichts wird gut. Der Luftzug hat mir alle Zündhölzer ausgeblasen. Ich muss ein anderes Spiel machen. Zum Beispiel: Wenn das nächste Auto, das vorbeikommt, weiß ist, wird alles gut. Das ist gemein von mir. Ich meine, dem Schicksal gegenüber. Weil hier jedes zweite Auto weiß ist. Das nächste Auto ist tatsächlich weiß und das übernächste ist ein Polizeiauto. Ich ducke mich schnell, und mir fällt ein, dass ich nicht am Fenster stehen sollte. Bestimmt suchen sie mich schon.

Jetzt wirst du bestimmt wissen wollen, was schon wieder passiert ist. Also: Ich hab keinen umgebracht und hab auch nicht mit Drogen gehandelt. Ich hab mich nur unsichtbar gemacht. Es ist nämlich rausgekommen, dass wir pleite sind. Aber nicht, weil ich es Tom und Nick erzählt habe. Das ist ja das Schlimme. Wenn ich es bloß früher gesagt hätte! Jetzt denken sie bestimmt, ich sei die größte Betrügerin auf dem ganzen Erdball.

Nach meinem »tollen« Erlebnis mit Haschisch bin ich am nächsten Tag runter zur Rezeption. Es war schon ziemlich spät, weil ich lange geschlafen hatte. An der Rezeption war niemand, aber ich habe Stimmen aus dem Büro gehört. Nicks Stimme, ganz klar, die kannte ich. Nick klingt wie Arnold Schwarzenegger, wenn er englisch spricht. Mama schaut sich die Schwarzenegger-Filme immer auf Englisch an, weil sie seinen Akzent süß findet. Dann war da noch eine Stimme, auch eine mit Akzent, aber einem anderen. Und eine Mädchenstimme. Die Mädchenstimme habe ich sofort erkannt. Es war Nur. Dann musste die Männerstimme die von Tarek sein. Was hatten *die* im Hotel verloren? Und überhaupt, woher wussten sie, wo ich war? Naja, eigentlich eine blöde Frage. Nur kann ja hellsehen. Ich bin also zur Tür geschlichen und wollte durchs Schlüsselloch schauen. Hab aber nichts gesehen. Typisch. Wenn in Filmen oder Büchern einer durchs Schlüsselloch schaut, sieht er immer ganz wichtige Sachen. Dafür habe ich etwas gehört. Tarek hat nämlich gesagt, Mama hätte bei ihm 300 Dollar Schulden, weil sie immer hat anschreiben lassen. Da hat Nick nur gelacht und geantwortet, Mama hätte bei ihm etwa 10000 Dollar Schulden, weil sie auf seine Kosten im Krankenhaus war. Und er könne sich nicht vorstellen, dass das irgendwer bezahlt. Mir ist eiskalt geworden. Ich hatte nur mit 5000 Dollar gerechnet. Aber irgendwie war's mir auch egal. Was ist schon der Unterschied, wenn man nicht mal 20 Dollar hat?

Plötzlich hat sich jemand der Tür genähert und ich habe mich schnell hinter dem Sofa versteckt. Nick, Tarek, Tom und Nur kamen zur Tür raus. Nick hat zu Tarek gesagt, die 300 Dollar seien nicht sein Problem, da müsse Tarek sich selber drum kümmern. Mama sei eh vom Erdboden verschluckt. Tarek hat darauf gesagt: »Give me 500 Dollars and I will tell you where her mother is.« Ich musste fast lachen. Als Nur dasselbe zu mir sagte, waren es noch 50 Dollar. Nick antwortete, es sei ihm egal, wo Mama sei. Hauptsache, sie mache keinen Ärger mehr. Toll. »Und Nora?«, hat Tom gefragt. Nick hat geseufzt: »Das arme Kind. Am besten wir kaufen den beiden ein Rückflugticket für morgen, dann sind wir sie los, bevor sie noch mehr Schaden anrichten.«

Das ist echt gemein. Ich richte doch keinen Schaden an! Das ist doch Mama. Dann hat Nick eine Weile überlegt und leise zu Tom gesagt: »Pass auf. Wir geben Tarek die 500 Dollar. Vielleicht können wir ihn noch auf 300 runterhandeln. Dann kaufen wir den zwei Chaotinnen Tickets. Macht dann insgesamt etwa 1500 Dollar. Da komm ich besser weg, als wenn Nora noch wochenlang das blaue Zimmer belegt und ihre Mutter noch mehr Blödsinn macht.« Tom hat ganz erschrocken geklungen, als er stammelte: »Aber …« – »Nein, nein, das ist das Beste. Für alle«, hat Nick gesagt. Mir ist, hinter dem Sofa, zur Abwechslung mal heiß geworden.

Nick hat Tarek ein paar Scheine hingehalten: »So, und wo steckt nun Noras Mutter?« Tarek hat Nur angesehen und Nur hat eine Adresse vor sich hingemurmelt. »Okay. Da fahren wir jetzt hin«, hat Nick zu Tom gesagt. »Hol Nora.« Und ich hab gedacht: Schnell weg hier.

Das war natürlich superblöd. Vielleicht wäre es gar nicht das Dümmste gewesen, heimzufliegen. Das habe ich mir ja schon tausend Mal gewünscht. Aber nicht so. Und nicht jetzt. Ich hatte ja noch eine Chance. Wenn ich nämlich bei dem Wettbewerb die 5000 Dollar gewinne, könnten wir das Gröbste bezahlen. Und deshalb bin ich abgehauen. Ich habe mein Kunstwerk noch beim Marriott Hotel abgegeben, dann bin den ganzen Tag durch die Stadt gewandert.

Jetzt bin ich hier. In der Wohnung, in der wir vorher gewohnt haben. Die jetzt leer ist. Sicher ist das nicht besonders klug, denn dort werden sie als Erstes suchen, aber mir ist nichts anderes eingefallen. Und irgendwo muss man ja nachts hin. Morgen geh ich woanders hin. Vielleicht gehe ich in ein Hotel. Einfach zur Rezeption gehen und sagen: »Schlüssel Nummer 467, bitte.« Und dann ab ins Zimmer. In Filmen funktioniert das auch immer. Ein paar Tage muss ich noch durchhalten. Dann gewinne ich 5000 Dollar und alles wird gut.

Die Sonne geht langsam unter. Es ist wunderschön. Die Häuser leuchten rot und am Himmel funkelt die Venus.

Ich habe Hunger und mir ist kalt. Rausgehen, Sandwich kaufen, geht nicht. Sonst sieht mich Nur womöglich. Vielleicht sollte ich die Mülltonne im Hof durchwühlen.

In der Mülltonne waren zwei leere Dosen Katzenfutter, ein Becher Cottage-Cheese mit 0% Fett. Abgelaufenes Verfallsdatum. Man kann auch Sachen, die über dem Verfallsdatum sind, essen, sagt Mama. Solange sie noch schmecken. Dann waren da noch eine Tüte aufgeweichte Hamburgerreste, schmutzige Kleenex und leere Zigarettenschachteln. Ich habe den Cottage-Cheese genommen. Der war immerhin noch zu. Ich weiß nicht, wie das geht: 0% Fett. In Milch ist doch immer Fett. Oder ist das Styropor mit Geschmacksverstärker? Mama sagt immer, Geschmacksverstärker machen süchtig. Geschmacksverstärker sind in allem Junkfood drin, damit die Leute das Zeug immer wieder kaufen. Ach Mama, wo bist du nur? Ob Nick und Tom sie schon gefunden haben? Wahrscheinlich macht sie Rabatz, wenn sie hört, was Nick vorhat. Ich kenne doch Mama. Die gibt nicht auf. Und ohne mich werden sie Mama nicht wegschicken.

Der Cottage-Cheese schmeckt gar nicht so übel. Ich darf bloß nicht dran denken, dass er aus der Mülltonne ist. Eine Decke hab ich übrigens auch. So ein altes Wollding, das über den Gartenstühlen im Hof hing. Total kratzig. Und außerdem befürchte ich, dass sie voller Ungeziefer ist. Ameisen, Wanzen, Flöhe, Spinnen, Kakerlaken und Kellerasseln. Das sind die schlimmsten. Obwohl. Spinnen sind auch schlimm. Und Kakerlaken auch. Alle sind schlimm. Da darf ich gar nicht dran denken, lieber nicht. Vielleicht kann ich ja schlafen. Gute Nacht.

Deine Nora

P.S. Schon wieder die Polizeisirene. Vor dem Haus sind ständig Stimmen. Sie werden sicher bald kommen. Ich kann nicht schlafen.

P.P.S. Du darfst niemandem, aber wirklich niemandem erzählen, wo ich bin.

P.P.P.S. Du kannst es doch erzählen. Wenn du den Brief bekommst, ist schon wieder alles in Butter. Vielleicht kann ich jetzt schlafen.

Lieber Papa!

Mama ist schon aus dem Krankenhaus draußen. Aber auf nicht ganz normalem Weg. Ich erzähl dir das ein anderes Mal. Überhaupt müsste ich dir einen ganzen Haufen erzählen. Wahrscheinlich könnte ich damit hundert Postkarten füllen. Wenn du da wärst, würde ich mit dir ins Exploratorium gehen. Weil du dich ja so für Physik interessierst. Allein hab ich keine Lust drauf. Außerdem bräuchte ich jemanden, der mir alles erklärt.

Bis bald. Nora

Liebe Isolde!

Ich sitze an Deck, der Wind bläst mir die Haare aus dem Gesicht. Die erste ruhige Minute heute. Durchatmen! Ich weiß gar nicht, was schlimmer war: die Nacht oder der Tag. Immerhin habe ich heute Morgen was über Haie gelernt. Zum Beispiel, dass die Zähne der Haie immer wieder nachwachsen und Haie keinen Krebs bekommen. Weißt du, wie ich zu den Haien gekommen bin und warum ich im Moment mit einem Schiff fahre?

Wie gesagt, die Nacht war ein Albtraum, obwohl ich kaum geschlafen habe. Oder deswegen. Es war einfach zu kalt. Und überall waren Stimmen. Diese Stimmen haben mich fast wahnsinnig gemacht. Sie waren vor meinem Fenster, aber es war, als wäre überhaupt keine Wand zwischen mir und der Straße gewesen. Ich versteh gar nicht, dass mir dieser Krach vorher nie aufgefallen war. Aber wahrscheinlich haben die Partys den Lärm übertönt. Jedenfalls hab mir geschworen, am Morgen zu Nick und Tom zurückzugehen.

Am Morgen aber war alles besser. Die Sonne schien, die Geräusche waren weg oder klangen wenigstens nicht mehr so wie durch einen Verstärker verzerrt. Weil das Wetter so schön war, hab ich beschlossen, noch einen Tag und eine Nacht durchzuhalten. Da soll noch einer sagen, das Wetter sei unwichtig. Wahrscheinlich liegt überhaupt alles am Wetter. Ich bin schnell aus dem Haus, weil ich es für unklug hielt, länger in der leeren Wohnung zu bleiben und bin mit dem Bus zum Fisherman's Wharf gefahren. Dort kann man sich noch am besten die Zeit vertreiben und fällt als Dreizehnjährige kaum auf. Eine Weile bin ich an den Piers gestanden, dort, wo die Schiffe ablegen. Und da hab ich sie auf einem Schiff gesehen: Mama. Ihr rotes Haar und ihre Krücken. Ich bin losgerannt, ohne nachzudenken, und ich hab mich ohne zu zahlen aufs Schiff gedrängt. Keiner hat's bemerkt. Gut, was?

In sicherer Entfernung bin ich vor Mama stehen geblieben und hab gewartet, bis das Schiff ablegt. Dann bin ich hinter Mama getreten und hab gesagt: »Mama, hallo, ich bin's.« Sie hat sich nicht umgedreht. Ich hab auf ihre Schulter getippt und noch mal dasselbe gesagt. Eine fremde Frau drehte sich zu mir um. Sie sah Mama nicht mal ein bisschen ähnlich. Und ihr Verband war auch am falschen Fuß. Ich habe auf Deutsch Entschuldigung gemurmelt, doch die Frau hat mich angelacht und fragte: »Du bist wohl aus Deutschland?« Die Frau hatte einen amerikanischen Akzent.

»Entschuldigung«, habe ich noch mal gesagt, »ich hab Sie mit meiner Mutter verwechselt.«

»Hast du sie verloren?« Ich habe genickt. Die Frau hatte vorne einen Goldzahn. Der Goldzahn hat mich irritiert, denn Amerikanerinnen machen so was nicht. Die machen Lifting, vergrößern sich ihren Busen mit Silikon oder ersetzen gleich alle Zähne durch ein Gebiss, wenn ihnen ihre Zähne nicht gefallen. Aber doch keine Goldzähne mitten ins Gesicht!

»Das Schiff hat schon abgelegt«, stellte die Frau fest. »Was machen wir denn da?« Ich habe mit den Schultern gezuckt und hätte heulen können. Keine Mama, auf einem Schiff nach sonst wo und kein Geld für die Rückfahrt.

Ich muss jetzt leider aufhören zu schreiben. Bis bald, deine verzweifelte Nora

Aber ich sag dir was: Es ist immer gut, wenn man ein Mädchen ist, seine Mama verloren hat und fast weinen muss. Die Frau ist vor Mitleid fast gestorben: »Wo hast du denn deine Mama verloren?«, fragte sie mich, als wäre ich vier Jahre alt. Doch das war mir ganz recht. Am liebsten wäre ich sowieso wieder ein Baby. Da müssen sich alle um einen kümmern, und es interessiert einen nichts außer Essen, Schlafen und dass jemand mal die Windeln wechselt.

»Weiß nicht«, habe ich geantwortet.

»An den Piers?«

»Kann sein.« Ich war drauf und dran, dieser fremden Frau die ganze verrückte Geschichte zu erzählen.

»Wie heißt du denn?«, wollte sie wissen. »Am besten, wir gehen zum Kapitän und der soll dann eine Durchsage an den Piers machen lassen.«

Um Gottes willen, nur das nicht. Damit ganz San Francisco weiß, dass Nora Henning auf dem Schiff nach Tiburon ist. Tiburon stand nämlich auf dem Ticket, das die Frau in der Hand gehalten hat. »Isolde Schütz«, hab ich geantwortet.

Ich muss mich bei dir entschuldigen, dass ich deinen Namen benutzt habe. Aber mir ist auf die Schnelle kein anderer eingefallen. Der Kapitän hat gemeint, ich solle mit dem nächsten Schiff in zwei Stunden zurückfahren und er würde an Land eine Durchsage machen lassen. Die Frau sagte, sie würde sich derweil schon um mich kümmern.

»Woher können Sie so gut Deutsch?«, habe ich die Frau gefragt, als wir wieder an der Reling standen.

»Ich habe vier Jahre in Kiel am Institut für Meeresbiologie gearbeitet«, sagte sie.

Isolde, die Frau ist Meeresbiologin, mein absoluter Traumberuf. Dann hat sie gesagt, ich könne mit ihr mitkommen, Fische anschauen. Ich liebe Fische. Papa auch. Ich guck den Fischen ganz oft zu. Papa hat allerdings nur Süßwasserfische: Neonfische, Prachtschmerlen, Rüsselbarben und Guppys. Die Guppys vermehren sich wie der Teufel und manchmal ist das ganze Aquarium voller kleiner Guppys. Wir haben gar nicht mehr gewusst, wohin damit, bis die Rüsselbarben auf die Idee gekommen sind, die Guppykinder zu fressen. Ich fand das furchtbar, aber Papa meinte, das sei gut. Für das Gleichgewicht im Becken. Am Ende würden alle ersticken, weil nicht genug Sauerstoff im Becken ist und die Fische sich mit ihrem eigenen Kot vergiften. Obwohl das alles ganz logisch ist, finde ich das traurig. Manchmal fressen ja sogar die Guppyweibchen ihre eigenen Kinder. Das ist die Natur, sagt Papa. Ich hab vorgeschlagen, die Guppyweibchen sterilisieren zu lassen, aber Papa hat nur gelacht. Die seien ja viel zu klein. Ich hätte die Meeresbiologin fragen sollen, ob das geht. Guppyweibchen sterilisieren. Aber ich hab's vergessen. Außerdem sind Guppys nicht ihr Gebiet. Ihr Gebiet sind Haie.

Ich bin also mit der Meeresbiologin in ihr Institut gefahren. »Wenn du Glück hast, siehst du ein paar Haie«, hat sie erklärt, und wir sind in dem Institut, wo sie forscht, mit einem Aufzug nach unten gefahren. Was ich dann gesehen habe, war der Wahnsinn. Der Raum, in den wir kamen, schimmerte bläulich. Eine ganze Wand war Glas und hinter dem Glas war Wasser. Kleine Fische glitten an der Scheibe vorbei. Wir waren unter dem Meeresspiegel! Die Meeresbiologin hat mich mit ihrem Goldzahn angelächelt und erklärt: »Wir machen hier Experimente. Wir testen, wen oder was die Haie angreifen. Und wie. Haie verwechseln zum Beispiel Surfbretter mit Robben. Gestern hatten wir einen Thunfisch als Köder ausgelegt und die Haie dabei beobachtet.« Die Frau hat durch die Scheibe gestarrt. »Am besten wäre ein menschlicher Köder. Aber das geht natürlich nicht.« Sie hat gelacht. »Ich muss hinauf ins Labor. Du kannst hier bleiben. Vielleicht kommt ja ein Hai.« Damit hat sie mich allein gelassen.

Ich weiß nicht, wie lange ich durch die Scheibe geguckt habe. Die Fischschwärme und das trübe Blau haben mich ganz schwindlig gemacht und nach einer Weile habe ich nur noch Quatsch gedacht. Weiß auch nicht, was ich alles vermischt habe. Hänsel und Gretel mit James Bond, oder so. Also: Die Meeresbiologin mit dem Goldzahn ist eine böse Hexe und hält mich hier gefangen. Und wenn sie mich dick genug gefüttert hat, werde ich ihr menschlicher Köder für die Haie. Kennst du den James Bond, wo alle ungeliebten Menschen ins Haifischbecken geworfen werden? Der böse Boss freut sich am Blutbad. Heißt er nicht auch so ähnlich. Goldfinger? Oder Golden Eye? Weiß auch nicht, aber ich bin Gretel bei Frau Goldzahn und bin ihr Experimentierobjekt.

Ich hab das wirklich geglaubt und habe es deshalb nicht mehr ausgehalten in dem Raum. Ich wollte raus, hab den Knauf gedreht und wollte die Tür aufdrücken. Aber die Tür war zu. Ich hab mich im Kreis gedreht und nach einem anderen Ausgang gesucht. Aber da war keiner. Nur ein Computer stand im Raum. Ich bin hin. Eine E-Mail, das ist meine einzige Chance. Ich hatte Glück, konnte ohne Passwort ins Netz. Ich habe an Tom geschrieben:

»Tom! Ich bin auf Tiburon im Institut für Meeresbiologie gefangen. Hilf mir! Schnell!«

Kaum war ich mit der Notrufmail fertig, ging die Tür auf und die Meeresbiologin kam herein. Mit Cola und Hamburger. »Hier, damit du nicht verhungerst, Isolde.« Haha, hab ich gedacht. Jetzt will sie mich dick füttern, die Alte. Ihr Goldzahn hat geblitzt. Oder im Essen ist was drin. Ein Betäubungsmittel oder so. Ich hab das Essen nicht angerührt. »Dein Schiff fährt in 45 Minuten«, sagte Frau Goldzahn und wir gingen zur Tür. Ich wollte sie aufdrücken, doch die Frau sagte nur: »Pull.« Ich Schaf. Ziehen! Man muss ziehen, damit die Tür aufgeht. Wir sind mit dem Aufzug wieder nach oben gefahren, sie hat mir noch das Labor gezeigt und mir einen kleinen Plastikhai geschenkt. Als Schlüsselanhänger. Dann hat sie mich rausgebracht.

Die Sonne war warm und meine Beine waren weich wie Butter. »Komm gut nach Hause und grüß deine Mutter von mir«, hat sie gesagt und mir noch ihre Visitenkarte gegeben.

»Sie kennen sie doch gar nicht.«

»Aber ich sehe ihr anscheinend ähnlich.«

»Nur die Haare. Und der Gips. Was ist Ihnen denn passiert?«

Und jetzt kommt's, Isolde. Sie ist die Treppe runtergefallen. Wie Mama.

Wie eine Marionette bin ich zum Hafen gegangen, das Ticket, den Hai und die Visitenkarte in den Händen. Erst auf dem Schiff fühlte ich mich in Sicherheit. Nun tut es mir auch Leid, dass ich mich bei der Frau nicht bedankt habe. Was die wohl jetzt von mir denkt! Dafür bedanke ich mich bei *dir*. Für deinen Namen. War ganz lustig, ein paar Stunden Isolde zu sein.

Deine Nora

Liebe Isolde!

Den Rest des Tages bin ich in San Francisco herumgelaufen und hab versucht, Briefmarken aufzutreiben, die ich ja tonnenweise brauche, wenn ich noch länger hier bin. Ich hab fast kein Geld mehr und das brauche ich fürs Essen und zum Busfahren. Man kann hier nämlich nicht schwarzfahren. Ich bin also zur Post, hab ein möglichst trauriges Gesicht aufgesetzt und eine Frau in meinem besten Englisch gefragt, ob sie nicht eine Briefmarke nach Europa übrig hätte. Ich schnorre eigentlich nicht so gern, aber was tut man in der

Not nicht alles? Ich war ganz überrascht, dass mir die Frau gleich ein paar Briefmarken einfach so gegeben hat, ohne dass ich ihr noch die traurige Geschichte von meinem toten Papa und meiner kranken Mama erzählen musste, die ich vorbereitet hatte.

Jetzt sitze ich im Golden Gate Park. Ich bin müde, in der Luft riecht es nach gemähtem Gras, fast wie zu Hause manchmal. Ich schaue den Jongleuren zu und mache mir Gedanken, wo ich die Nacht verbringe. Die Penner müssen Nerven haben. Jeden Abend dieser Stress: Wo schlafe ich? Wenigstens ist es in San Francisco nie so kalt wie bei uns zu Hause. Vielleicht gewöhnt man sich auch an die ewige Suche.

Also gehe ich mal los.

Deine Nora

Liebe Isolde!

Ich weiß nicht, ob du diesen Brief jemals bekommst.

Vielleicht bin ich dann schon tot. Verhungert. Nein, wohl eher verdurstet. Ohne Essen kommt man eine Weile aus, ohne zu trinken nicht. Ich bin so blöd. Bei aller Schlauheit, die ich manchmal an den Tag lege. Wenn ich mich dumm anstelle, sagt Papa, ich säße mal wieder auf meiner Gehirnzelle. Als ob ich bloß *eine* hätte! Aber vielleicht hat er ja Recht. Mit der *einen* Gehirnzelle.

Was passiert ist? Ich bin auf Schlafplatzsuche gegangen. Und weil ich müde war, war ich faul. Dachte mir, ich hab ja die leere Wohnung. Da war's zwar scheußlich, aber immerhin kannte ich sie schon. In der Wohnung war etwas anders. Es hat leicht nach Zigaretten gerochen und eine Visitenkarte lag auf dem Boden. Ob die Wohnung wohl schon wieder vermietet wurde?

Mir ist was anderes eingefallen. Es wohnen ja noch andere Mieter in dem Haus, die vielleicht wissen, wo José und Julio hingezogen sind. Also habe ich das ganze Haus abgeklappert. Im Erdgeschoss war niemand da, aber im ersten Stock hat eine Frau gemeint, die beiden seien ein paar Straßen weiter in die Laguna Street gezogen. Die Laguna Street kenne ich. Sie ist eine Querstraße, aber sie ist lang wie fast alle Straßen hier. Doch ich war mir irgendwie sicher, dass José und Julio nicht weit weg waren. Unterwegs hab ich mir noch Cola und eine Tüte Chips gekauft.

Ich war ganz optimistisch, und es fing auch alles ganz harmlos an, aber jetzt sitze ich wirklich in der Falle. Cola und Chips sind inzwischen leer und aufs Klo muss ich auch. Aber ich kann nicht weg. Vielleicht nie mehr!

Ich bin also die Laguna Street entlanggegangen und plötzlich kam ein Haus. Ich weiß nicht, warum ich mir so sicher war, aber ich wusste es einfach. Da waren José und Julio hingezogen. Und da war womöglich auch Mama. Ich hätte einfach läuten sollen, doch das hab ich mich nicht getraut.

Ist schon komisch. Renne zwei Tage lang mutterseelenallein durch San Francisco, schlaf in leeren Wohnungen und so weiter, aber ich wage es nicht, an einer Tür zu läuten. Vielleicht muss ich Häuser immer auf eine ungewöhnliche Weise betreten. Stattdessen bin ich ins Nachbarhaus. Das stand nämlich leer, weil es gerade renoviert wurde. Ich wollte dort einfach mal von einem Balkon in die Wohnung gucken, in der ich Mama vermutete.

Es wurde schon dunkel. Das ist gut, wenn man in fremde Wohnungen schauen will. Im Erdgeschoss wohnte wohl eine Frau, denn in der Wohnung steht lauter so Zeug rum: Kerzenständer, Fotorähmchen und eine Matroschka (du weißt schon, so eine dickbauchige russische Figur, wo eine in der anderen steckt) und überall Blumen. Im ersten Stock muss ein seltsamer Mensch wohnen. Die Wohnung ist ganz leer bis auf einen Fernseher mit Flachbildschirm. Davor eine Metallcouch, sicher extrem unbequem. Überhaupt, alles sehr ungemütlich und leer. Schrecklich. Die Wohnung darüber war dunkel und ich konnte nichts sehen.

Ich beschreib dir das alles so genau, weil es mich beruhigt und ich dann nicht an meine Lage denken muss. Die ist nämlich zum Verrücktwerden.

Als ich das Haus wieder verlassen wollte, ist es passiert. Ich bin auf der Treppe mit dem Fuß in eine morsche Planke eingebrochen! Ich weiß gar nicht, wie das gehen kann, aber ich krieg den Fuß nicht mehr raus. Ich meine, wenn man was reinkriegt, kriegt man es doch auch wieder raus. Oder nicht? Inzwischen fühlt sich mein Fuß ganz pelzig an, sicher ist er angeschwollen. Er tut nicht weh. Naja, eigentlich doch. Aber nur, wenn ich ihn bewege.

Kennst du den Film *Nightwatch*? Da macht so ein Typ im Leichenschauhaus Nachtwache. Er gerät in ein Verbrechen, und sein Freund, der ihm zu Hilfe kommt, wird mit einer Handschelle an ein Heizungsrohr gefesselt. Er muss aber loskommen, weil sonst alle getötet werden. Und was macht er? Er schneidet sich den Daumen ab. Ich glaub, wenn man Todesangst hat, spürt man keinen Schmerz. Aber noch hab ich keine Todesangst, nur ganz normale Angst und davon nicht mal besonders viel.

Ich glaub, ich geb jetzt auf. Ich kann nicht mehr.

Weißt du, vielleicht hat deine Mutter doch Recht. Vielleicht schaden dir meine Briefe ja wirklich. Weil ich immer so schlimme Sachen schreibe. Und du musst dir das alles anhören und kannst nichts machen. Ich schreib dir bloß noch solche Briefe: »Liebe Isolde, heute haben wir eine Tour durch die Bay gemacht. Danach waren wir im MOMA, das ist das Museum of Modern Art, da hängen Bilder, die aussehen wie Riesencomics. Mama und ich vertragen uns gut, aber wir vermissen Papa. Gruß an deine Mutter, deine Nora.« Du brauchst dich dann nicht mehr zu sorgen. Und deine Mutter kann sich die Ansichtskarten in die Küche hängen. Das macht sie doch immer, oder? Aber ich schwör's, wenn ich hier heil rauskomme, schreib ich dir nur noch schöne Briefe.

Ich habe eine Weile geschlafen, aber nicht lang. Draußen ist es jetzt ganz dunkel, aber die Straßenlaterne scheint durchs Fenster ein bisschen auf mein Papier. Keine Ahnung, wie spät es ist. Leises Rascheln von links. Das sind sicher Mäuse. Oder Ratten. Ob Ratten eingeklemmte Füße anknabbern? Sicher denken sie: Mmmh, lecker, fetter Fuß! Außerdem sind hier, glaube ich, Ameisen. Feuerameisen fressen sogar Kinder. Aber Feuerameisen gibt's nur in Florida. Nicht hier.

Isolde, ich lebe! Und ich bin befreit. Ich liege auf dem Sofa und mein Fuß hat einen Verband. Ist bloß verstaucht.

Ja, es ist wirklich eine Art Wunder passiert. Ich muss wohl noch mal kurz eingeschlafen sein, denn es haben mich Schritte geweckt. Und Stimmen. Aber ich hatte gar keine Angst. Wirklich, mir war alles vollkommen egal. Hauptsache, es kam überhaupt wer. Die Schritte kamen näher, schließlich hat mich eine Taschenlampe geblendet und eine Stimme hat »Nora« gerufen.

Es war Tom. Er hatte Nur dabei. Nur hat mir mit ihrem Blindenstock vor meinem Gesicht herumgefuchtelt. »Tom! Ich kann nicht weg. Ich klemme fest.« Tom hat auf mein Bein geleuchtet, wortlos sein Taschenmesser herausgezogen und hat kein Wort gesagt. Niemand hat was gesagt. Tom hat im Holz herumgeschnitzt und hin und wieder »Mist, verdammter« gemurmelt. Nach einer Weile hat er den Kopf gehoben und gesagt: »Hast du jetzt genug?« Ich hatte längst genug von allem, aber ich hätte doch gerne gewusst, was Tom genau meint. »Von was?«

Tom hat sein Messer mit Schwung in die morschen Planken gehauen. Einen Zentimeter von meinem Bein blieb es stecken. »Von der Suche nach deiner Mutter. *Ich* hab nämlich genug vom Suchen. Was meinst du, was ich seit zwei Tagen tue? Dich suchen. Bloß weil du alles selber machen willst. Aber du kannst es nicht. Deshalb lass es bleiben. Wir hatten deine verrückte Mutter in einer Stunde gefunden.«

»Wo ist sie?«

»Das ist die falsche Frage.«

»Wie? Die falsche Frage?«

»Sie zeigt, dass du nichts gelernt hast.«

»Was gelernt?«

»Ich hab dir schon vor ein paar Tagen gesagt, du sollst sie nicht suchen. Aber wenn's dich beruhigt. Deine Mutter ist nebenan.«

»Und wie hast du sie gefunden?«

»Wieder die falsche Frage.« Nur hat mich angelächelt.

»Hat Nur Mama gefunden?«, habe ich gefragt.

»Nein«, sagte Tom. »Und jetzt halt still.« Tom war fast fertig. »Eigentlich sollte ich dich hier verschimmeln lassen.« Tom hat weiter gesägt. »Und überhaupt. Was sollte denn die Mail? Du wolltest mich wohl verarschen!«

Ich hab geseufzt. »Das war ernst. Ich war wirklich in Tiburon und dachte, ich werde demnächst an Haie verfüttert.«

»Du kannst dich bei Nur bedanken. Sie wollte unbedingt hierher. Sagte, du bist hier. Ich wäre natürlich nach Tiburon gefahren.«

Ich hab wieder geseufzt.

»Steh auf«, befahl Tom.

Ich hab getan, was er wollte. Mein Fuß war frei. »Mein Schuh ist noch …«

»Scheiß auf den Schuh. Meinst du, ich kriech jetzt auch noch in dieses vergammelte Drecksloch rein?« Tom hatte wirklich schlechte Laune.

Die beiden haben mich dann nebenan abgeliefert.

Mama kam sofort angehumpelt und hat mich in die Arme genommen. Tom hat nur »Tschüss« gesagt. Nichts weiter. Nicht mal »Bis morgen«. Ich hätte heulen können.

Mama hat mich gestützt und mich ins Wohnzimmer geführt. Es sah genauso aus wie in der alten Wohnung. Dieselben Sachen, sogar derselbe Müll. Mama hat sich aufs Sofa fallen lassen. Ich hab mich neben sie gesetzt. Julio hat meinen Fuß untersucht und gemeint, wir sollten damit besser ins Krankenhaus. Da haben Mama und ich uns angesehen und die Augen verdreht. Nur das nicht. Und dann haben wir gelacht.

Deine Nora

Liebe Isolde!

Du wirst's nicht glauben, aber ich habe zwei ruhige Tage verlebt. Mit Mama zusammen. Es ist überhaupt nichts passiert, vielleicht, weil wir beide etwas lahm gelegt sind. Eigentlich könnte ich ganz gut gelaunt sein. Ich habe Mama wieder, ein warmes Bett, Essen, kein Stress. An unserem Schuldenberg hat sich allerdings nicht das Geringste geändert. Mama hat aber gemeint, ich solle mir mal keine Sorgen machen und die Zeit hier in San Francisco genießen. Schließlich wäre das mit dem Geld ja nicht mein Problem, sondern ihres. So hat sie schon lange nicht mehr mit mir geredet.

Was jedoch das Schlimmste ist: Ich hab seit meinem Malheur mit dem Fuß nichts mehr von Tom gehört. Und ich bin zu feige, um mich zu melden. Ich glaube, er ist ziemlich böse.

Gestern haben Mama und ich im Reiseführer das Kapitel »San Francisco umsonst« gelesen. Irgendwas muss es doch geben, was man ohne Geld machen kann. Doch außer ein paar Museen, die eh niemanden interessieren, gibt's nichts umsonst. »Das war mir klar«, sagte Mama, »sogar Sterben kostet was.« – »Den Toten nicht«, habe ich geantwortet.

Wir sind dann ans Meer gefahren. Mit dem Bus. Meer ist bis auf den Bus umsonst. Wir haben uns in den Sand gehockt und in den Westen geschaut. Ein paar Surfer waren im Wasser zu sehen, aber nicht viele, denn es war zu stürmisch. Die Luft war ganz klar, und die Farben leuchteten, viel mehr als bei uns zu Haus. Der Wind blies uns den Sand in die Augen, aber das störte uns nicht. Wir lagen auf unserer Decke, haben unsere verbundenen Füße von uns gestreckt und unsere Leberflecken gezählt. Mama hat 102, ich 53.

Am Strand hier liegen hunderte weißer, etwa marmeladendeckelgroßer Scheiben. »Das sind Seedollar«, hat Mama erklärt. »Die Skelette von einer Art Seesterne.« Seedollar. Ich seh schon überall Geld. Und Tom. Wo auch immer ich bin, denke ich, jetzt kommt er gleich um die Ecke. Oder den Strand lang. Das ist natürlich Schwachsinn. Tom ist doch froh, dass er mich los hat. Ich vermisse ihn so.

Mama ist schon seltsam. Ich meine, sie haut einfach aus dem Krankenhaus ab und sagt mir nicht, wo sie hingeht. Ich bin doch ihre Tochter. Und ich hatte auch den ganzen Tag überlegt, ob ich sie nicht mal fragen soll, was sie sich eigentlich dabei gedacht hat. Ich konnte nicht mehr liegen und habe Sandhäufchen hin- und hergeschoben. Mama lag ganz entspannt neben mir. Sie war eingeschlafen.

»Mama«, hab ich sie vorsichtig gefragt und sie am Rücken berührt. Sie rieb sich die Augen. »Wieso hast du mir eigentlich nicht gesagt, wo du hin bist? Ich meine, nachdem du aus dem Krankenhaus …«

»Ich hab dich doch angerufen. Im Hotel Michelangelo.«

»Ach. Wann denn?«

»Weiß nicht. Jedenfalls warst du da schon weg. Und keiner wusste, wo *du* bist.«

Ich hab nachgerechnet. Mama ist am Nachmittag oder am frühen Abend aus dem Krankenhaus verschwunden. Ich bin am nächsten Tag aber erst mittags abgehauen. Sie hätte fast 24 Stunden Zeit gehabt. Aber immerhin hatte sie wohl im Hotel ihre neue Adresse hinterlassen. Nurs Hellseherkräfte schrumpften gegen null. Ich hab weiter Sandhäufchen gebaut und die Seedollar betrachtet. Vielen fehlt ein Stück, aber ich habe etliche gefunden, die noch heil sind. Den schönsten bring ich dir mit.

Du siehst, wenn nichts los ist, gibt es nicht viel zu schreiben. Außer, dass wir eben am Meer sitzen und warten, bis die Sonne untergeht und sich die Seedollar in echtes Geld verwandelt haben.

Später hat mir Mama aus einem Buch vorgelesen. Die Tatsache, dass es Tag und Nacht gibt, wäre der Beweis dafür, dass das Universum endlich ist. Mama interessiert sich anscheinend gerade für Astronomie. Astronomie ist mir recht. Besser als Naturkost oder Buddhismus. Die Erklärung für die Endlichkeit des Universums schreibe ich dir ein anderes Mal.

Deine Nora

Lieber Papa,

heut ist endlich mal richtig schönes Wetter und ich sitze mit Mama am Strand. Mamas Bein geht es so einigermaßen, mit Krücken kommt sie ganz gut vorwärts. War ja alles ein bisschen schwierig hier, aber ich glaube, jetzt wird alles besser. Ich hoffe, dir geht's auch gut. Vielleicht können wir ja irgendwann mal zu dritt hierher fahren.

Grüße auch von Mama, deine Nora

Liebe Isolde!

Bis jetzt hab ich ja meinen Schwur gehalten: keine schlimmen Briefe mehr zu schreiben. Der letzte Brief war doch ein guter Anfang. Aber ich kann das Versprechen nicht halten, denn es ist schon wieder was passiert. Ich kann gar nichts dafür. Und ich sag dir was. Gegen Mama würde ich sogar *deine* Mutter eintauschen. Wirklich. Bis jetzt war Mama chaotisch und unzuverlässig. Aber jetzt ist sie auch noch hinterhältig. Mir reicht's echt.

Heute Morgen habe ich am Alamo Square gesessen und hab das Hotel Michelangelo beobachtet. Weil ich gehofft hatte, Tom zu sehen. Oder wenigstens Bernardo und Alfred. Sogar ein Fernglas hatte ich dabei. Aber niemand hat am Vormittag das Hotel verlassen. Habe mir schon überlegt, ob Tom vielleicht abgereist ist. Auch in Österreich dauern die Ferien nicht ewig. Ich war ziemlich frustriert und bin mit Josés Fahrrad, mit dem ich jetzt wegen meinem Fuß immer unterwegs bin, nach Hause gefahren. Nichts ahnend ging ich in die Wohnung und was sah ich auf *meinem* Sofa? Mama und José. Nackt!

Ich weiß gar nicht, wer am meisten erschrocken war. Mama, José oder ich. Ich wollte davonlaufen, aber gleichzeitig wollte ich mich auf die beiden stürzen. Weil ich mich aber für keins von beidem entscheiden konnte, bin ich stehen geblieben. »Nora ... ich hab dich noch gar nicht zurück ...«, hat Mama nach Stunden gestammelt. Wahrscheinlich waren es aber nur ein paar Sekunden. Ich habe mich umgedreht und bin davon. So schnell ich mit meinem Fuß konnte. Und weil ich nicht wusste, wohin, sitze ich nun wieder in dem leer stehenden Nachbarhaus.

Mama, die blöde Kuh! Wieso tut sie so was? Was will sie denn von José, diesem Würstchen? Und weißt du, was mich am meisten ärgert? Dass sie so blöd sind. Wieso konnten sie nicht in Josés Zimmer gehen? Sie hätten sich doch ausrechnen können, dass ich auftauche. Im Wohnzimmer. Auf *meinem* Sofa. Und mit Gipsfuß. Diese miesen, perversen Schweine.

Ich muss mich rächen. Ich räche mich nur selten. Eigentlich nie. Ich habe darin keine Übung und deshalb habe ich eine Liste mit dem gemacht, was ich tun könnte. Hier ist sie:

1. die Reifen von Josés teurem Mountainbike aufschneiden
2. Josés Kunstwerke zerstören
3. Hungerstreik
4. Abhauen

5. Mamas Kontaktlinsen zertreten
6. Papa alles schreiben
7. das Essen vergiften
8. das Haus anzünden
9. Mamas Haare abschneiden (wenn sie schläft)
10. Josés und Mamas Kleider klauen
11. mir die Pulsadern aufschneiden

Mehr ist mir nicht eingefallen und irgendwie überzeugt mich keine meiner Ideen. Alles Mist. Und Rache ist sowieso doof.

Ich hab überlegt, ob ich zu Tom gehen soll. Der kennt sich mit so was aus. Aber das ist auch keine gute Idee. Tom sagt dann bestimmt: »Du kommst auch nur, wenn du was brauchst. Und ich darf dich dann aus dem Dreck ziehen.« Tom hat Recht. Ich komm nur zu ihm, wenn ich was brauche. Vielleicht sollte ich zu ihm gehen und *gar* nichts erzählen. Einfach hingehen, fragen, ob wir nicht Frieden schließen können und mit Bernardo und Alfred einen netten Abend verbringen. Das ist mit Abstand die beste Idee. Ich wäre dann bestimmt den ganzen Abend weg und Mama könnte sich so richtig Sorgen machen. Ha.

Ich gehe jetzt zum Hotel. Drück mir die Daumen!

Deine Nora

Liebe Isolde!

Es ist Abend, und inzwischen hab ich ungefähr 1000 Kilometer hinter mir, davon die Hälfte in einem Truck. Trucks sind Lastwagen, nur viel größer. Jetzt sitze ich im Foyer vom Hotel Michelangelo und warte auf Tom. Er duscht sich gerade seinen Staub runter. Nach ihm bin ich dran. In der Zwischenzeit erzähle ich dir, was passiert ist.

Ich war also zum Hotel gegangen und habe mindestens eine halbe Stunde unschlüssig davor gestanden. Plötzlich ging die Tür auf und Bernardo kam heraus. »Hi Nora, nice to see you«, hat er mich begrüßt, als wäre überhaupt nichts gewesen. Ich hab ihn gefragt, ob Tom da ist. »Du hast Glück. Er ist noch da.«

»Wieso *noch*?«

»Weil wir morgen früh nach Las Vegas fahren.«

Ich muss wohl etwas erschrocken geguckt haben, denn er hat gleich gefragt, ob ich mitwill. Isolde, stell dir vor: Ich mit Tom, Bernardo und Alfred nach Las Vegas! Klar wollte ich mit, aber wollte *Tom* das denn, dass ich mitfahre? Ich hab Bernardo gefragt, doch der hat bloß abgewinkt: »Den fragen wir gar nicht.« Doch in dem Moment kam Tom schon vorbei. Als Bernardo Tom sagte, dass ich mitfahre, hat Tom mich finster angeschaut. Bestimmt eine Minute lang. Vielleicht war's auch kürzer. Dann hat Tom gesagt: »Aber nur, wenn du keinen Scheiß machst.«

»Nein. Ehrenwort. Und … Frieden. Bitte.«

»Na okay. Frieden. Aber wie gesagt. Keinen Scheiß mehr.«

So richtig friedlich hat er nicht geklungen, aber immerhin. Da war bloß noch Mama. Der sollte ich vielleicht Bescheid sagen. »Wann fahren wir denn?«, wollte ich wissen. »Morgen früh um fünf«, hat Tom geantwortet. »Am besten du übernachtest hier.« Das war mir nur recht. Bernardo hat mir sein Handy gegeben, und ich habe gehofft, bei Mama würde keiner rangehen, dann hätte ich einfach auf den Anrufbeantworter gesprochen. Doch Mama war da, und als ich ihr erzählte, ich würde morgen früh nach Las Vegas fahren, sagte sie nur: »Was willst du denn da? Da fährt man doch bloß zum Heiraten hin.« Ich hab einfach aufgelegt. Eine Minute später hat das Hoteltelefon geklingelt, Mama hat sich entschuldigt und mir eine gute Reise gewünscht. Ob ich noch was brauche. Nein, habe ich gesagt. Ich hab immer alles dabei: Zahnbürste, Deoroller und was zum Schreiben. Mehr brauch ich nicht. Mama ist wahrscheinlich froh, mich los zu sein. Dann störe ich sie und José wenigstens nicht.

So. Jetzt bin auch ich frisch geduscht. Endlich ist der Death-Valley-Staub ab!

Unsere Fahrt nach Las Vegas war das totale Fiasko. Wie könnte es auch anders sein! Wir sind auch nie dort angekommen, das sag ich dir schon mal gleich. Wir sind mit Nicks Auto gefahren, weil das eine Klimaanlage hat. Die braucht man unbedingt, weil Las Vegas in der Wüste liegt. Auf dem Weg dorthin kommt das Death Valley und das ist die schlimmste Wüste überhaupt. Da ist es mindestens 60 °C heiß, und wenn man aus dem Wagen steigt, trifft einen fast der Schlag. Ja, und genau in dieser verdammten Wüste ist plötzlich das Auto stehen geblieben. So richtig, inklusive Klimaanlage. Und natürlich hatten wir fast nichts zu trinken dabei. Nur eine Flasche Cola Light. Cola Light heißt hier Diet Coke, und Alfred trinkt das, weil er meint, er wäre zu dick.

Als das Auto nicht mehr wollte, hat zuerst Alfred zu schimpfen angefangen. Weil seine Schminke in der Hitze schmilzt und verläuft. Daraufhin hat Bernardo Alfred angeschrien, weil Alfred so hysterisch ist. Und dann hat Tom mit Bernardo geschimpft, weil er Nicks Auto kaputtgemacht hat, was meiner Meinung gar nicht stimmt. Der Karren ist einfach stehen geblieben.

Ich hab mich aus dem Streit rausgehalten. Bernardo ist ausgestiegen und hat die Motorhaube aufgemacht. Da hat Alfred mit Bernardo geschimpft, weil die Klamotten dabei schmutzig werden könnten, und Tom mit Alfred, weil Alfred nur seine Klamotten interessierten. »Deine Klamotten gehen mir am Arsch vorbei, wenn wir hier bei lebendigem Leib gegrillt werden.«

Es hat sich herausgestellt, dass Bernardo keine Ahnung von Autos hat. Er hat sogar das Kühlwasser mit dem Öl verwechselt. Alfred hat ganz undamenhaft schlimme Wörter vor sich hin gemurmelt und Tom hat die Diet Coke verflucht. »Das Zeug ist ja schlimmer, als gar nichts zu trinken.« Innerhalb von zehn Minuten waren wir alle fix und fertig. Death Valley ist schlimmer als Sauna, weil man aus der Sauna rauskann, wenn man möchte. Ich habe mich hinten in den Wagen gesetzt, weil ich gelesen habe, dass man sich bei großer Hitze möglichst wenig bewegen soll. Da schwitzt man nicht so. Außerdem war jede Art von körperlicher Betätigung sowieso überflüssig.

Alfred hat angefangen zu jammern, dass sie den Hochzeitstermin verpassten und überhaupt, Bernardo sei an allem schuld. Bernardo hat Alfred nur bitterböse angesehen. Tom hat gesagt: »Wir müssen zurücktrampen«, was der erste vernünftige Vorschlag war. Tom und ich haben einen Regenschirm aus dem Kofferraum geholt und haben uns an die Straße gestellt, während Bernardo immer noch in den Motor gestarrt hat. Sein schönes hellblaues Kleid war voller Ölflecken. Alfred hat zwei Zigaretten gleichzeitig geraucht und ist neben Bernardo hin und her getippelt. Dann ist er umgeknickt. »Verdammte Pumps!«, hat er gequiekt und die Schuhe in den Sand gefeuert.

Als Tom einen Schluck Diet Coke trank, rief Alfred: »Hey, das ist meine!«, womit er zweifellos Recht hatte, aber in so einer Situation gehört doch allen alles. Oder? Tom hat die Plastikflasche nach Alfred geworfen: »Da, behalt dein blödes Gesöff!«

Bis dahin hatte ich meinen Mund gehalten. Aber jetzt musste ich was sagen: »Das ist unsere einzige Flüssigkeit, Tom.«

»Halt du dich da raus. Außerdem ist das keine Flüssigkeit, das ist Pisse.« Ich hab beschlossen, lieber wieder meinen Mund zu halten. Reicht ja schon, wenn die anderen streiten.

Es ist immer heißer geworden. Wir waren alle schon ganz matt und niemand hat mehr geschimpft. Nicht mal mehr Alfred hat sich noch aufgeregt. Er saß im Schatten des Autos und hat mit dem Finger Striche in den Staub gemalt und Bernardo hockte einfach nur daneben. Tom und ich haben die Straße entlanggeschaut. Sie hat geflimmert. Plötzlich ist mir was eingefallen, und ich habe den Mund doch wieder aufgemacht: »Tom, Bernardo hat doch ein Handy!«

»Oh Mann, warum hat niemand daran gedacht?« Die Hitze hat uns blöd im Kopf gemacht. Bernardo hat in seiner Handtasche gewühlt. Aber da war kein Handy. Er hatte es im Hotel liegen lassen. Bernardo hat zerknirscht dreingesehen und sich den Schweiß von der Stirn gewischt. Seine Wimperntusche hing irgendwo neben der Nase. Unsere letzte Hoffnung war dahin.

Ich sag dir, Isolde, nichts ist schlimmer als wirklicher

Durst. Man wird fast wahnsinnig dabei und am Ende würde man sogar die Kühlflüssigkeit trinken. Auf der Straße war absolut nichts los. Aber irgendwie bin ich bei allem erstaunlich ruhig geblieben. Mein Drahtseilnerventraining hatte anscheinend schon angeschlagen!

Dann hab ich plötzlich was gesehen. Auf der Straße, weit weg: »Da kommt was!«

»Da kommt nichts«, hat Tom müde gesagt. »Das ist das Flimmern.«

Ich war mir ganz sicher, doch Tom hat nur gelacht. Aber da war wirklich was. Ich bin auf die Straße gerannt und hab die Arme ausgebreitet. »Jetzt spinnt sie«, sagte Tom. »Nora, komm wieder her! Das ist eine Fata Morgana.«

Ich bin weiter auf der Straße herumgehüpft und habe gewinkt. Schließlich hat ein riesiger Truck angehalten. Da hat es auch Tom geglaubt. Bernardo und Alfred sind träge aufgestanden. Der Fahrer ist ausgestiegen und hat uns misstrauisch angesehen. Weiß nicht, was er sich gedacht hat. Was denkt man wohl, wenn man in der Wüste zwei staubigen Dreizehnjährigen mit Regenschirm und zwei Frauen, die eigentlich Männer sind, mit einem riesigen hellblauen Schlitten und einer Perserkatze begegnet?

Stimmt, Rosie war ja auch dabei. Hab ich Dir noch gar nicht erzählt. Rosie sollte nämlich Trauzeugin bei Bernardos und Alfreds Hochzeit sein.

Der Lastwagenfahrer hat uns schließlich mitgenommen. Er fuhr direkt nach San Francisco und hat uns am Hotel rausgelassen. Ich glaub, er hat uns nur wegen Rosie mitgenommen. Sie durfte die ganze Zeit auf seinem Schoß sitzen und er hat sie mit kaltem Huhn gefüttert. Wir haben bloß lauwarmes, abgestandenes Wasser bekommen. Das ganze Führerhäuschen war voller Katzenbilder und der Truckfahrer hat uns von seinen 22 Katzen zu Hause in Oklahoma erzählt. Er hat behauptet, in jeder Katze würde ein Mensch wiedergeboren, und Bernardo hat ihm zugestimmt. In Rosie sei Freddy Mercury wiedergeboren. Er hat Rosie gestreichelt und ihr in die Augen geschaut. Da musste ich das erste Mal wieder an Mama denken, weil ich immer an Mama denke, wenn ich *Freddy Mercury* höre. Und wie ich an Mama gedacht habe, habe ich mir gewünscht, ich wäre im Tal des Todes verdurstet. Aus Rache. So richtig gerächt hab ich mich schließlich immer noch nicht.

Deine Nora

E-Mail

Liebe Isolde!

Wo hast du Papa getroffen? Im Schwimmbad??? So was macht er sonst doch gar nicht! Und du sagst, er ist dünner geworden? Weißt du, ich denke oft an Papa. Manchmal wünschte ich, er wär da. Ist echt komisch. Zu Hause geht er mir oft auf die Nerven, weil er seine Nase in alles steckt und immer da ist. Wenn er nicht grad schläft. Als ich noch kleiner war, hab ich ihn mal gefragt, warum er so viel schläft. Da hat er gesagt, das ist gegen die Angst. Ich dachte damals, Erwachsene haben keine Angst. Die haben bloß Kinder. Deswegen hab ich mir gedacht, dann bringt's ja gar nichts, erwachsen zu werden. Aber Papa hat mir erklärt, dass er vor allem Möglichen Angst hat, eigentlich vor mehr Sachen als ich.

Es wäre schön, wenn er jetzt da wäre, dann könnte er mir vielleicht erklären, wie das geht, das mit dem Schlafen gegen die Angst. Aber ich mag ihm nicht richtig schreiben. Komisch. Dir schreib ich so viel und Papa schreib ich nur blabla.

Deine Nora

E-Mail

Liebe Isolde!

So, so, du hast dich verliebt. Das hab ich mir schon fast gedacht. Mir kam das nämlich schon komisch vor, dass du nie erwähnt hast, dass A. ein Junge ist und Andreas heißt. Mir fällt jetzt gar nichts ein, was ich dazu schreiben soll. Ist Verliebtsein toll?

Deine Nora

Liebe Isolde!

Tut mir Leid, dass ich in der letzten Mail so schnippisch war, wie du das genannt hast. So sollte das nicht klingen. Aber vielleicht doch, wenn ich ehrlich bin. Ich glaub, ich bin neidisch auf dich. Weil ich nämlich auch verliebt bin, aber es überhaupt nicht schön finde. Im Gegenteil: Es ist der reinste Horror. Außerdem ist Verliebtsein total anstrengend, weil man plötzlich alles immer richtig machen will und ich immer versuche, genau zu überlegen, was ich sage, doch das klappt nicht und dann rede ich vollkommenen Blödsinn. Und dann werde ich rot oder ich muss streiten. Tom ist nicht in mich verliebt. Er hasst mich. Sonst würde er mich ja nicht ständig ärgern.

Ich erzähl dir mal, was passiert ist: Wir waren von unserer verunglückten Tour nach Las Vegas zurück, und Nick war stinkesauer, weil wir sein tolles Auto in der Wüste haben stehen lassen, und er hat gesagt, seit ich im Haus sei, gebe es nur Ärger. Ich wusste gar nicht, was ich darauf sagen sollte, aber Bernardo hat gemeint, Nick würde sich schon wieder beruhigen. Es ist wirklich furchtbar mit Nick. Ich trau mich schon kaum mehr, die heiße Dusche zu benutzen, weil warmes Wasser teurer ist als kaltes. Und unten an der Rezeption wäre ich am liebsten unsichtbar, weil mir das alles so peinlich ist: Du weißt schon, unser Schuldenberg und so.

Dann die Sache mit Mama und José. Die lag und liegt

mir immer noch wie ein Stein im Magen, und ich wusste überhaupt nicht, was ich tun sollte. Mir ist auch gar keine passende Rache eingefallen. Es ist schwer, sich an jemandem zu rächen, dem alles egal ist. Also hab ich erst mal beschlossen, mich drei Tage nicht zu melden. Schließlich denkt sie sowieso, dass ich noch in Las Vegas bin. Hin und wieder überlege ich, ob deine Mutter schlimmer ist oder meine. Deine kriegt ja schon die Krise, wenn du mit Andreas in die Nachmittagsvorstellung ins Kino gehst. Und denkt, du kommst mit einem Kind nach Hause. Ich glaub, meine würde nicht mal das schocken. Ich meine, wenn ich schwanger werden würde. Das Einzige, was sie dazu sagen würde, wäre: »Oh Gott, dann werde ich ja Oma!« Oma mit 35. Haha. Aber mir ist gar nicht zum Lachen und außerdem kann ich noch gar nicht schwanger werden.

Jetzt hab ich also drei Tage Zeit. Ich weiß bloß nicht, wofür. Tom und ich haben uns also vor die Glotze gehockt und haben geschwiegen. Es ist furchtbar, wenn Tom schweigt. Er verbreitet dann ganz schreckliche Wellen. Schlechte-Laune-lass-mich-in-Ruh-mich-kotzt-alles-an-Wellen. Ich habe überlegt, ob ich ihm nicht die Sache mit Mama und José erzählen soll, aber es wäre der absolut falsche Moment gewesen. Überhaupt ist, was solche Sachen betrifft, bei Tom immer der falsche Moment. Ich weiß schon, was er sagen würde, wenn ich es ihm doch mal erzähle, nämlich: »Das war eh klar.«

Tom hat Tacos gegessen und mir die Schachtel hingehalten – immerhin! Ich hab mich inzwischen an die scharfen Dinger gewöhnt und kann sie essen, ohne innerlich zu verbrennen. Naja, eigentlich verbrenne ich immer noch, aber es ist mir egal. Der Stein im Magen ist viel schlimmer. Aber wenn ich die Tacos esse, ist das Feuer stärker als der Stein. Wir haben MTV geguckt, und da ist mir das erste Mal aufgefallen, dass total viele Sänger Glatzen haben und das eigentlich ganz gut aussieht. Außerdem ist mir eingefallen, dass Mama sich immer über glatzköpfige Sänger aufregt. So wie man sich früher über langhaarige Sänger aufgeregt hat. Dann hatte ich meinen Entschluss gefasst und habe zu Tom gesagt: »Schneid mir die Haare!« Tom hat gar nicht kapiert, was ich meine, und ich hab den Satz wiederholt: »Schneid mir die Haare!« Tom hat sich auf dem Sofa herumgeräkelt und gesagt: »Nein.«

»Dann mach ich's selber.«

Das hat gewirkt. Die Chance, mich zu verunstalten, wollte er sich nicht entgehen lassen. Er stand auf und holte die Schere. »Nicht die Schere«, habe ich gesagt, »den Rasierer.«

Tom ist mit dem Rasierer wiedergekommen. »Wie kurz?«, wollte er wissen.

»Ganz.«

»Wie ganz?«

»Ganz halt.«

»Glatze?«

»Ja.«

»Du bist wahnsinnig.«

Ich bin nicht wahnsinnig. Mir ging es um Rache. An Mama. »Also, was ist jetzt?« Ich war ungeduldig.

»Aber du bist schuld. Und sag nachher nicht, ich hätte dich so zugerichtet.«

Naja. Und dann hat mir Tom eine Glatze rasiert. Aber nicht ganz. Oben am Kopf hat er mir eine Strähne gelassen. Die müsse bleiben, hat er gesagt, und wenn ich die auch noch weghaben möchte, soll ich es selber machen.

Isolde, ich sehe schrecklich aus. Ganz schrecklich. Das Beste ist wirklich noch die Strähne. Ich hab mich im Spiegel kaum mehr erkannt und ich habe ausgesehen wie die krebskranken Kinder im Fernsehen. Voll krank. Tom ist auch krank. Weil er sich halb tot gelacht hat über meinen Anblick. Das Schwein. Dann kam Bernardo vorbei, hat Tom mit dem Rasierer in der Hand gesehen und meinen nackten Kopf und hat gestöhnt.

Tom hat nur mit den Schultern gezuckt und weiter blöde gelacht. Bernardo war richtig sauer auf mich und Tom. Wie ich überhaupt auf die Idee käme, es sei eine Schande, sich solch wunderbare Haare abzuschneiden. Ich finde meine Haare gar nicht so wunderbar, sie sind viel zu blond, und wenn ich mich mal wieder dumm angestellt habe, sagt Mama immer: »Typisch Blondine.« Sie sagt, Papa sei schuld an meinen blonden Haaren, das käme aus *seiner* Familie, nicht von ihr.

Bernardo kroch weiter auf dem Boden herum, hat meine Haare zusammengesucht und hat immer noch was von Schande gemurmelt und gesagt, die Welt sei nicht gerecht. Er müsse sich für teures Geld eine Perücke kaufen und ich ginge so mit meinem Haar um. Dann hat er meine Haare gegen das Licht gehalten und hat immer wieder gesagt: »Oh, this wonderful hair.« Im Licht sah es wirklich wunderbar aus, wie Goldfäden. Aber nur Prinzessinnen haben Haare wie Goldfäden. Ich nicht.

Als Bernardo sich von seinem Schock erholt hatte, wollte er mich fotografieren, und ich sagte, jaja. Aber plötzlich habe ich mich so elend gefühlt, weil meine Haare so tot auf der Erde lagen, und ich hatte auf einmal die Augen voller Tränen und meine Augen sind übergelaufen. Die Tränen sind über meine Backen gekullert, dabei wollte ich gar nicht weinen. Überhaupt die Heulerei, wahrscheinlich könnte ich mit meinen Tränen den Wasserspiegel des Pazifiks anheben oder mindestens den von der Bay. Mir ist das auch schon kaum mehr peinlich, denn Bernardo hat gesagt, niemand könne so schön weinen wie ich. Tom konnte mit meinem Geheule natürlich überhaupt nichts anfangen, er hat bloß gesagt: »Du hast es so gewollt.« Da hab ich nur geantwortet: »Halt bloß die Klappe.«

Bernardo hat daraufhin gesagt: »Kinder, Kinder, das ist

doch alles kein Weltuntergang. Haare wachsen wieder.« Bernardo ist wirklich ein Schatz. Und er hat vorgeschlagen, ich solle Tom doch auch eine Glatze rasieren, das wäre dann gerecht, aber Tom hat Bernardo gegen das Bein getreten und ihn auf österreichisch beschimpft. Bernardo hat's natürlich nicht verstanden, und ich musste lachen, obwohl Bernardo das überhaupt nicht verdient hat. Er ist doch so lieb, dass ich ihn sofort als Bruder haben wollte. Er wäre wohl natürlich lieber meine Schwester.

Schließlich habe ich Tom die Haare rasiert. Es war ein komisches Gefühl. Toms Kopf hat sich plötzlich so zerbrechlich angefühlt und er war ganz warm. Bernardo wollte uns unbedingt fotografieren, weil er noch nie einen Jungen und ein Mädchen kennen gelernt habe, die sich so lieben, dass sie sich gegenseitig eine Glatze rasieren. Tom sagte: »Wir lieben uns nicht«, und ich hab genickt. Wir hassen uns eher. Bernardo wollte, dass wir uns fürs Foto ganz nah zusammensetzen, Kopf an Kopf, so nah, dass ich Toms Kopfhaut riechen konnte. Kopfhaut riecht komisch, und ich hab ständig denken müssen, hoffentlich denkt Tom nicht dasselbe wie ich: dass Kopfhaut unangenehm riecht.

Bernardo hat abgedrückt und genau in dem Moment kam Nick. Er war total geschockt von unseren Glatzen, und weißt du, was er gesagt hat. Isolde, ich kann's kaum hinschreiben, so peinlich ist mir das. Er hat gesagt, wir sähen aus wie Skinheads. Oh Gott. Ich bin ein Skinhead. Und das ist nun wirklich das mieseste, was man überhaupt sein kann. Nick hat sonst gar nichts gesagt, mir nur einen Brief hingehalten: »Post.«

Ich hab den Brief angeschaut und es war ein Logo vom Hotel Marriott drauf. Ich wollte Nick anschauen, aber er hat nur an mir vorbeigesehen und zu Tom gesagt: »Wir sprechen uns noch.«

Ich habe wieder das himmelblaue Zimmer bekommen! Jetzt sitze ich im Bett und betrachte den ungeöffneten Brief. Ich kann ihn nicht aufmachen. Ich will ihn auch nicht aufmachen. Ich will gar nicht wissen, was drinsteht. Ich habe mir nämlich Folgendes überlegt: Solange der Brief geschlossen ist, kann *alles* drinstehen. Dass ich 5000 Dollar gewonnen habe oder dass sie sich sehr herzlich für meine Teilnahme bedanken, aber leider blablabla.

Noch ist alles möglich und dieses Gefühl möchte ich noch ein bisschen haben. Eine Nacht möchte ich noch vom großen Preis träumen dürfen, von meiner Entdeckung als Künstlerin und dass ich jetzt reich und berühmt werde.

Gute Nacht. Deine skinny Nora

(nicht a … ickt)

Liebe … pa!

Du wirst sie bekommen.

Ich gla … ich muss dir mal richtig schreiben. Mit richtig meine … icht bloß Postkarten, wo draufsteht, dass die Golden … e Bridge im Nebel liegt oder dass ich mir eine Erdbeb … ulation angeschaut habe.

Es i … s ein bisschen kompliziert, und ich weiß gar nicht, … das alles verstehst. Ich weiß auch nicht, wo ich anfang … l. Normalerweise fängt man vorne an, aber ich weiß nicht, wo vorne ist. Vielleicht sollte ich hinten anfangen, wo hinten ist, ist einfach. Aber du liest ja immer in Büchern die letzte Seite zuerst und legst das Buch weg, wenn's schlecht ausgeht. Und so richtig gut geht das hier, glaube ich, nicht aus.

Also. Hinten ist meine Glatze. Die hab ich aus Rache. Weil Mama was mit José hat. Ach …

Liebe Isolde!

Meine Nacht war kurz. Ich bin erst um sechs Uhr morgens ins Bett gekommen. Nachdem ich den Brief an dich fertig geschrieben hatte, wollte ich eigentlich schlafen. Ich hatte mich auch schon so halbwegs damit abgefunden, eine Glatze mit Büschel zu haben und ein mieser Skinhead zu sein, als es plötzlich an der Tür klopfte. Ich bin ziemlich erschrocken, weil so spät nachts noch nie jemand an meiner Tür geklopft hat. Da ich nicht gleich aufgemacht habe, hat es noch einmal geklopft. Ich bin aus dem Bett gesprungen und bin zur Tür: »Wer ist da?«, hab ich gefragt, und eine Flüsterstimme hat geantwortet: »Ich.« Ich wusste, es war Tom.

Ich hab die Tür aufgemacht und mich gleich ziemlich geniert, weil ich bloß mein Schlaf-T-Shirt anhatte, und das geht bloß knapp über den Hintern. Tom war komplett angezogen und sagte: »Darf ich reinkommen?« Ich hab mein T-Shirt an den Seiten länger gezogen und hab genickt. Tom war ganz bleich. »Ist was?«, habe ich gefragt, aber Tom hat nicht geantwortet, ist an mir vorbei und hat sich aufs Bett gesetzt. Ich bin ihm nach und etwas x-beinig vor ihm stehen geblieben und hab überlegt, ob ich mich neben ihn setzen oder stehen bleiben soll. Ich bin stehen geblieben. Ich hab versucht, ihn anzusehen, aber sein Blick ist unruhig herumgetanzt. Nach einer Weile hat Tom gesagt: »Wir müssen hier weg.«

»Was?«

»Wir müssen weg. *Ich* jedenfalls.«

»Wieso?«

»Weil halt.« Weil halt. Ich hasse diese Begründung. Damit kann man Kleinkinder abspeisen!

»Ich halt's mit meinem Alten nicht mehr aus.«

»Wieso?«

»Wieso???? Wie soll man es bei einem Vater aushalten, der einen Skinhead nennt.«

»Aber *mich* hat er doch auch Skinhead genannt.«

»Aber du bist nicht sein Sohn.«

»Ist das ein Unterschied?«

»Für mich schon.«

»Naja. Irgendwie *sind* wir ja Skinheads. Skin heißt Haut und Head heißt Kopf. Wir sind Hautköpfe.«

»Hautkopf ginge ja noch. Aber ich bin kein Skinhead. Skinheads sind das *Letzte.* Und weißt du, was das heißt? Papa findet, ich bin das Letzte. So ist das. Und jetzt muss ich weg, weg aus diesem Irrenhaus. Gehst du mit?«

Um Gottes willen, hab ich gedacht. Nochmal verschwinden! Aber ich hab mich sehr geehrt gefühlt, weil Tom mich mitnehmen wollte, und so hab ich genickt. Tom hat sich über die Glatze gestreichelt und hat gesagt: »Aber so können wir nicht gehen. Jeder würde uns sofort für einen Skinhead halten … und dazu noch unser deutscher Akzent, das geht nicht.« Ich war mir nicht sicher, ob Tom sich wegen der Glatze nicht zu viel Stress machte. Nicht jeder Hautkopf ist ein Skinhead. Punks haben schon mal 'ne Glatze und manche Hiphopper auch. Kann doch nicht sein, dass halb MTV aus Skinheads besteht! »Wir brauchen Perücken«, hat Tom gesagt. »Und ich weiß auch schon, woher wir sie nehmen.«

Isolde, du kannst dir sicher denken, wo Tom die Perücken hernehmen wollte. Von Bernardo und Alfred. Tom ist komplett verrückt.

Er hat gesagt, ich soll mich anziehen und mitkommen.

Wir schlichen zum Zimmer 366. Tom hat erklärt, Bernardo und Alfred würden nie zusperren, weil Alfred verschlossene Türen nicht erträgt. Bernardo und Alfred haben nebeneinander im Bett gelegen und haben friedlich geschnarcht. Immer abwechselnd. Einmal Bernardo (röchelnd) und dann wieder Alfred (pfeifend). Die beiden sind wirklich ein gutes Paar. Sie können sogar im Takt schnarchen. Ich hätte fast losgelacht, aber Tom hat schon auf die Kommode gezeigt, wo die zwei Perücken über Styroporköpfen hingen. Er hat sich die zwei Perücken geschnappt und wir sind so schnell wie möglich wieder aus dem Zimmer gehuscht. Draußen hat Tom ganz furchtbar zu lachen angefangen, und ich hab auch mitgelacht, obwohl ich mich gar nicht so wohl gefühlt habe: Schließlich haben wir das allerwichtigste Utensil von Alfred geklaut, der nie ohne Perücke aus dem Zimmer geht!

Wir sind dann wieder in mein Zimmer, und Tom hat gefragt: »Welche willst du?« Ich hab mir ja schon immer lange rote Locken gewünscht, also hab ich auf Bernardos Perücke gezeigt. Tom hat sie mir aufgesetzt und sich die blonde. Wir schauten uns an, und ich weiß nicht, wer mehr lachen musste.

»Und *so* sollen wir abhauen?«, hab ich gefragt. »Klar«, hat Tom gesagt. Er ist wirklich ziemlich verrückt. Ich habe ja noch fast normal ausgesehen und lange, rote Locken wollte ich schon immer haben, aber Tom! Tom ist doch ein Junge!

Aber er hat gesagt: »Besser ein Mädchen als ein Skinhead.« Ich weiß nicht, ob das ein Kompliment war. »Guck mal, was ich habe.« Tom hat grinsend eine Kreditkarte aus der Tasche gezogen »Ich kann die Unterschrift meines Vaters perfekt nachmachen«, hat er behauptet. Tom ist anscheinend ein besserer Abhauer als ich. Er plant richtig. Ich hab mir noch den Brief vom Marriott Hotel in die Tasche gestopft, dann sind wir die Feuerleiter runtergeklettert.

Draußen war es kühl. Es war sternenklar und Vollmond. Wir sind losmarschiert. »Wohin willst du eigentlich?«, hab ich Tom gefragt. »Keine Ahnung«, hat er gesagt, aber ich hatte das Gefühl, er weiß genau, wo er hinwill. Wir sind ein ganzes Stück bergauf gegangen, immer in ziemlich ruhigen Straßen, und wir sind keiner Menschenseele begegnet. Ich war inzwischen heilfroh um die Perücken, weil sie den Kopf wärmten. Schließlich sind wir zu einem Park gekommen. »Da rein«, hat Tom fast befohlen.

Der Park mit seinen Bäumen war in der Dunkelheit wie eine Ansammlung aus schwarzen Riesentieren, die einen verschlingen wollten. Da nützte auch der Vollmond nicht. Der machte es sogar noch unheimlicher. Ich wollte mich nicht verschlingen lassen, aber Tom sah so aus, als würde er keinen Widerstand dulden. »Das ist der Buena Vista Park«, hat er erklärt, als ob das etwas besser machen würde. Er ist vorausgegangen, ich hinterher, immer bergauf, immer in Serpentinen.

Nach einer Weile waren wir oben auf dem Hügel und man konnte über die schwarzen Riesentiere auf ganz San Francisco hinabblicken. Ich konnte das Marriott Hotel erkennen, aber das erkennt man eigentlich immer, denn es hat obendrauf so einen seltsamen Glasaufbau. Ich hab im Reiseführer gelesen, dass die Leute hier es Juke-Box nennen. »Und was tun wir jetzt hier oben?«, wollte ich wissen.

»Runterschauen.«

»Sonst nichts?«

»Und warten, bis uns was einfällt.«

Da können wir ja ewig sitzen, hab ich gedacht. Mir wäre, glaub ich, in hundert Jahren nichts eingefallen und so habe ich die Lichter der Stadt, die Sterne und den Vollmond betrachtet. Eigentlich ganz schön. Dann hat Tom auf einmal gesagt: »Manchmal meine ich, ich bin ein Werwolf.«

Tom ein Werwolf, dass ich nicht lache! Ein Werwolf mit blonder Perücke. »Es gibt doch gar keine Werwölfe«, habe ich geantwortet.

»Natürlich gibt's welche.«

»Quatsch.«

»Doch. Ich bin einer.« Tom hat das mit einer so seltsamen Stimme gesagt, dass mir ganz kalt geworden ist.

»Du bist genauso wenig ein Werwolf, wie du auf einem Klo geboren bist.«

»Was soll das?«, hat Tom mich angefahren. »Ich dachte, wenigstens einer glaubt mir hier was.«

Ich war sauer. »Ich glaub dir gar nichts. Und mit der Kreditkarte kommen wir auch nicht weit.«

Da ist Tom aufgestanden und wortlos in der Dunkelheit verschwunden. Ich bin sitzen geblieben, dachte, der kommt schon wieder, aber er ist nicht wiedergekommen. Plötzlich hat es mir ganz furchtbar Leid getan, dass ich so gemein zu Tom gewesen war. Ich stand auf und ging in die Richtung, in der Tom verschwunden war. Doch nach kaum zehn Metern hat sich der Weg auch schon geteilt, und ich hatte keinen Schimmer, welchen Tom genommen hatte. Ich habe mich für links entschieden und hab »Tom« gerufen. Aber nur leise. Ich habe es nicht gewagt, laut in dieser Stille zu rufen. Es hat niemand geantwortet, und ich bin den Weg weitergelaufen, der wieder nach unten führte. Ich hab überlegt, ob ich nicht wieder nach oben gehen soll, und weil ich mich nicht entscheiden konnte, bin ich einfach stehen geblieben. Rauf, runter, rechts, links. Alles war falsch.

Tom hatte sich in einen Werwolf verwandelt und der Mond hat mich hinterhältig angelächelt. Das blöde Mondgesicht! »Antworte mir, Mondgesicht«, habe ich gesagt, »du weißt doch sonst alles.« Aber das Mondgesicht hat nichts geantwortet, und ich dachte, gut, dann geh ich eben wieder rauf.

Im Gebüsch hat es geknackst. Das ist Tom, der Werwolf, und ich überlegte, was Werwölfe eigentlich tun. Und ob sie sich irgendwann zurückverwandeln. Aber alles, was mir dazu einfiel, war, dass Werwölfe was mit Vollmond zu tun haben und ansonsten Menschen sind. Das Knacksen war nur ein ganz normales Knacksen gewesen, so wie es im Wald eben ab und zu knackst. Trotzdem war ich inzwischen schon ziemlich panisch und bin losgerannt. Ich wollte wieder Lichter sehen und seien es bloß die Lichter von der großen Stadt in der Ferne.

Als ich schon fast wieder oben war, hab ich wieder ein Geräusch gehört. Eine Art Grunzen oder so, jedenfalls klang es nach Mensch oder Tier. Der Werwolf! Ich war drauf und dran, wieder runterzurennen, raus aus diesem verdammten Park, aber irgendwas hat mich zurückgehalten. Ich bin aus den Büschen hervorgetreten und sah Tom auf derselben Bank wie vorhin sitzen. Tom hat geschluchzt und er war eindeutig kein Werwolf. Ich bin leise zu ihm hin und hab ihm über die blonden Perückenhaare gestrichen. »Lass mich!«, hat er mich angefahren. »Es tut mir Leid«, hab ich gesagt. Das war eine schwache Entschuldigung. »Echt. Ich glaub dir. Von mir aus auch, dass du ein Werwolf bist.«

Tom hat sein Gesicht in den Händen vergraben und ich hab mich neben ihn auf die Bank gesetzt. Ich war völlig hilflos. Was macht man mit einem weinenden Jungen? Dann hat Tom plötzlich aufgeschaut und gesagt: »Was war das eigentlich für ein Brief, den du da eingesteckt hast?«

Der Brief. Den hatte ich völlig vergessen. »Ich hab bei einem Wettbewerb mit gemacht, und es steht drin, ob ich gewonnen habe.«

Tom guckte den Brief an und wollte wissen, warum ich ihn nicht aufgemacht hätte. Ich sagte »Weiß nicht«, obwohl das ja nicht stimmte.

»Ich mach ihn auf«, hat Tom gesagt und riss mir den Brief aus der Hand. »Hey, nicht! Das ist mein Brief. Gib ihn her.«

»Nein!«

»Gib ihn her!«

»Haha.«

»Tom!«

Doch da hatte er ihn schon aufgerissen. Tom hat angestrengt auf das Papier geschaut. Das Mondgesicht schien gerade hell genug zum Lesen. Ich wollte Tom den Brief aus der Hand reißen, doch da war's schon zu spät. »Du hast was gewonnen, steht da, und du sollst zur Preisverleihung kommen.«

Mir ist ganz heiß geworden. Ich hatte gewonnen. Jetzt würde alles gut werden. »Wann, wann?«, wollte ich wissen.

»Morgen Abend ist die Preisverleihung ... hm ... aber wir wollten doch abhauen.«

»Tom, ich hab 5000 Dollar gewonnen, da können wir nicht abhauen.«

»Hm«, machte Tom und gähnte. »Hm. Naja. Eigentlich hab ich vom Abhauen schon ziemlich die Schnauze voll. Aber ich darf mit zur Preisverleihung.«

»Klar.«

Und so sind wir zurück zum Hotel, haben die Perücken wieder bei Bernardo und Alfred über die Styroporköpfe gehängt und sind schlafen gegangen.

Deine Nora

Liebe Isolde!

Es wird alles immer verdrehter. Ich weiß nicht mehr, was ich denken soll und wie ich mich fühlen soll. Ich bin gegen Mittag runter und hab mir am Frühstücksbuffet nur ein Hörnchen geholt, weil ich mich gar nicht traue, mehr zu nehmen. Sonst muss der arme Nick ja noch mehr bezahlen. Ich bin schon richtig paranoid. Ich weiß zwar nicht genau, was das heißt, aber Mama sagt das immer, wenn sie immer meint, die GEZ kommt vorbei, damit wir unseren Fernseher anmelden.

Ich hatte gehofft, Tom zu sehen und Nick nicht zu begegnen. Aber es war umgekehrt. Nick hat an der Rezeption gestanden und mich ganz freundlich angeschaut: »Küss die Hand, gnä' Frau«, hat er gesagt und mir tatsächlich die Hand geküsst. Wirklich. Das heißt, er hat draufgehaucht. Ich versteh die Erwachsenen nicht. Mal so, mal so, immerzu Launen und dann auch noch die Hand küssen. »Tom ist nicht da«, hat Nick gesagt und ich war gleich ganz traurig. »Wo ist er denn?«, hab ich gefragt, aber Nick hat nur mit den Schultern gezuckt.

Ich glaub, ich bin doch verliebt. Das kann doch nicht sein, dass einem die ganze Laune versaut ist, bloß weil ein glatzköpfiger, besserwisserischer Junge nicht am Frühstückstisch sitzt. Ich bin mit meinem Hörnchen wieder in mein Zimmer und habe überlegt, was ich zur Preisverleihung anziehen soll. Normalerweise mach ich mir über meine Klamotten keine Gedanken und zieh das an, was oben liegt, solange es nicht völlig verdreckt ist. Aber bei einer Preisverleihung sollte man sich ein bisschen schick kleiden, hab ich gedacht. Bloß, was ist schick? So, wie die Mädels bei MTV oder in den Serien rumlaufen? Überhaupt, meine Garderobe! Ich hab nichts Gescheites. Nur Kinderkram, Babyscheiße. Kein Wunder, dass Tom weggeht, ohne was zu sagen, wenn ich so doof angezogen bin. Aber das ist Quatsch, bisher hat's ihn ja auch nicht gestört.

Meine ganzen Kleider lagen im Zimmer herum, weil ich mich für nichts entscheiden konnte. Das erste Mal in meinem Leben habe ich Mama verstanden, wenn sie sich stundenlang umzieht und am Ende stöhnt: »Ich hab nichts anzuziehen.«

Jetzt ist Mitternacht, und ich weiß nicht, ob ich lachen oder weinen soll. Die Preisverleihung ist vorbei, und ich habe keine 5000, sondern nur 500 Dollar gewonnen. Weil ich noch minderjährig bin. Genau genommen hab ich ja nicht mal 500 Dollar. Aber nun der Reihe nach:

Also. Ich habe auf dem Bett gelegen und dir geschrieben, als es plötzlich klopfte. Bevor ich antworten konnte, stand auch schon Tom im Zimmer und er war nicht allein. Er hatte Nur dabei. Die hat mir noch gefehlt, habe ich gedacht, aber bevor ich beleidigt gucken konnte, hat Tom gesagt: »Nora, Nora, ich hab die Lösung!«

»Was für eine Lösung?«

»Die für mein Kloproblem.«

Tom hat vor Aufregung ganz fleckige Backen bekommen, was ich ziemlich süß fand. Nur stand immer noch in der Tür, und ich wollte schon fragen: »Und wieso ist Nur da und warum verschwindest du einfach den halben Tag?«, aber da kam Nur näher und hat gesagt: »Hello Nura, I will help Tom to find his place of birth.« Und Tom hat sein Fotoalbum mit den Klobildern auf den Boden geworfen und gesagt: »Nur kann das.«

»Was?«

»Nur schaut sich die Fotos an und sagt mir dann, wo ich geboren bin.«

»Aber Nur kann doch gar nicht sehen.«

»Nur kann hellsehen.« Stimmt. Das hatte ich vergessen. Vielleicht, weil ich noch nie richtig dran geglaubt habe.

Aber Tom schien überzeugt von Nurs hellseherischen Fähigkeiten, hat die Fotos aus dem Album genommen und sie ordentlich nebeneinander auf dem Boden ausgelegt. Dann hat sich Nur im Schneidersitz vor die Bilder gesetzt und fünf

Minuten draufgestarrt. Ich habe auf dem Bett gesessen und wollte was sagen, aber Tom hat den Finger auf die Lippen gelegt. Schließlich hat Nur den Kopf gehoben und gesagt: »I can't find it. There are some pictures missing.« Ich musste an die Fotos denken, die ich für den Wettbewerb benutzt habe.

Ich hab Tom angesehen und er hat furchtbar enttäuscht ausgesehen. Ich bin mir so schäbig vorgekommen, weil ich Tom ja gesagt hatte, die Fotos aus dem Marriott seien nichts geworden. Also hab ich ihm die ganze Geschichte von dem Kunstwettbewerb erzählt und dass die fehlenden Bilder jetzt im Marriott Hotel sind. Tom hat mich mit zusammengekniffenen Augen angesehen und gesagt, ich sei ganz schön egoistisch. Das hat mir zu denken gegeben. Bin ich egoistisch? Weißt du, Isolde, ich habe das mit der Klogeschichte nie richtig geglaubt, auch das mit Nurs Hellseherei nicht und das mit dem Werwolf schon gar nicht. Aber Tom hat immer gehofft, ich würde es verstehen, doch ich tu's nicht. Ich hab ihn einfach nicht ernst genommen.

Ich bin mir so mies vorgekommen und hab gesagt: »Ach Tom.« Nur hat immer noch auf dem Boden gesessen und gesagt: »It's difficult to believe.« Da habe ich genickt und Toms Hand genommen: »Bitte, bitte, verzeih mir. Kommt beide heute Abend mit.«

Tom hat nichts gesagt, doch Nur hat genickt und plötzlich fand ich sie gar nicht mehr so furchtbar.

Dann hatten wir das Kleiderproblem. Tom hat natürlich

auch nichts Passendes und Nur sowieso nicht. Aber Tom hatte eine gute Idee: Wir brauchten ja nur Alfred zu fragen, der war der Modespezialist. Alfred hat sich ziemlich geehrt gefühlt, weil wir ihn um Rat gebeten haben. Wir sind dann gleich mit ihm in ein Secondhandgeschäft gefahren und haben dort eine Ewigkeit herum gewühlt, weil wir uns zu nichts entscheiden konnten.

Natürlich haben wir uns wegen des Stylings total in die Haare gekriegt, Tom und ich, aber ich fand's gar nicht so schlimm, so ist das halt mit uns. Das Ergebnis unserer Einkaufstour war Folgendes: Für Nur suchten wir ein dunkellila Seidenkleid aus und eine schwarze Stola. Sie hat damit richtig geheimnisvoll ausgesehen. Tom bekam ein schwarzes T-Shirt, auf dem vorne stand »Ashes to Ashes« und hinten »Dust to Dust«. Überhaupt hat Tom lauter schwarze Sachen bekommen und sah damit aus wie ein Grufti. Für die Glatze bekam er noch einen schwarzen Hut und eine Fuckersonnenbrille. Ich bekam ein hellblaues Kleid mit weißem Pelzkragen. Dazu eine hellblaue Boa und eine blaue Blume für meine Strähne. Und eine Sonnenbrille. Der Rand ist hellblau und mit winzigen Glitzersteinen besetzt. Ich sah aus wie ein Star. Alfred hat alles bezahlt. Das hat ihm gar nichts ausgemacht, er wollte bloß, dass wir ihn und Bernardo zur Preisverleihung mitnehmen. Aber das war ja eh klar.

Irgendwann war es dann so weit und um halb acht sind wir in Alfreds Schlitten gestiegen. Ich war so aufgeregt, dass ich mir die Nägel abgeknabbert habe, obwohl ich sie so schön hellblau lackiert hatte. Tom hat mein Geknabber gesehen und mir ständig auf die Finger gehauen. Ich hab zurückgehauen, weil er auch geknabbert hat. Nur saß die ganze Zeit über seelenruhig neben uns und hat geheimnisvoll gelächelt. Alfred hat Bernardo beschimpft, weil Bernardo den falschen Nagellack draufhatte, und erklärte ihm die ganze Zeit, dass Orange nicht zu Rot passt, aber Bernardo hat gemeint, das gehe sehr wohl und Alfred sei altmodisch und habe doch keine Ahnung.

Im Foyer war schon alles voller Leute. Ich bin mir ziemlich komisch vorgekommen, weil die Leute alle so wichtig und bedeutend ausgesehen haben. Ich war wirklich froh, nicht allein hier zu sein. Wir haben uns erst mal aufs Buffet gestürzt und ich habe mein Kleid gleich mal mit Tomatensoße verziert. Nach dem Essen haben wir uns die Kunstwerke angesehen.

Und dann ist etwas passiert. Ich stand vor einem Kunstwerk, das nur aus abgelatschtem Teppich bestand, und plötzlich sah ich ein paar Meter weiter Mama. Mama hätte ich hier nie erwartet. Ich hatte sie sowieso total vergessen. Und wer stand neben ihr? José. Mama hat mich nicht gesehen, weil sie an Josés Lippen hing. José stand auch vor einem Kunstwerk und hat mit den Händen herumgefuchtelt. Natürlich. Hätte ich mir denken können. José hatte auch mitgemacht. Er ist ja Künstler.

Ich hab mich zu Tom umgedreht, und er hat gefragt: »Was ist?«

»Mama«, hab ich nur herausgebracht und: »Weg hier!«

Wir haben uns hinter einer Säule versteckt, und Tom hat gefragt, was jetzt so schlimm an meiner Mama wäre. Ich erzählte ihm das mit José, und er sagte nur: »Das war doch klar.« Toll.

Ich hab mich umgedreht und wollte rausgehen, und wahrscheinlich wäre ich durch ganz Amerika bis nach New York gelaufen und dann noch über den Atlantik, wenn mich nicht Bernardo-mein-Engel aufgehalten hätte. Ich weiß nicht, wie er das macht. Er macht eigentlich gar nichts. Er ist nur immer im richtigen Moment da. Er hat mich festgehalten und dann an meinem Tomatenfleck herumgewischelt. »Das geht nicht raus«, hab ich gesagt. »Macht aber nichts.« Bernardo hat die Stirn gerunzelt und die Boa über den Fleck drapiert.

Und dann kam durch den Lautsprecher auch schon eine Ansage, die ich nicht verstanden habe, aber die Preisverleihung schien zu beginnen. Die Leute wurden auf einmal ganz still. Erstmal wurde ziemlich viel geredet, doch plötzlich habe ich meinen Namen gehört und Bernardo hat mich nach vorn geschubst. Ich bin vorgewankt und habe plötzlich richtig Angst bekommen. Was sollte ich denn da vorn? Was sollte ich denn sagen? Da vorne waren doch nur Aliens, die in einer Aliensprache redeten und ich hatte keine Ahnung von nichts. Dann wurde mir die Hand geschüttelt und ich bekam ein Paket überreicht und einen Scheck. Es wurde geklatscht und ich durfte auf meinen Platz zurück.

Tom und die anderen haben mich ganz begeistert angesehen, und ich war selber auch ganz begeistert, bis ich den Scheck gelesen habe. Da stand 500 Dollar drauf. Das gibt's doch nicht, hab ich gedacht, da fehlt doch eine Null. Und so hab ich zu Tom gesagt: »Da fehlt eine Null«, doch Tom wusste auch nicht, warum da eine Null fehlt, und hat Bernardo was ins Ohr geflüstert. Dann hat mir Tom erklärt, dass ich nicht den ersten Preis, sondern einen Sonderpreis bekommen habe, weil ich als einziges »Kind« mitgemacht habe.

Oh Isolde, das ist so peinlich! Ich hab wirklich allen Ernstes geglaubt, ich hätte den ersten Preis gewonnen. Ich. So ein Witz. So was von vermessen, das zu glauben. Ich leide wirklich manchmal unter Größenwahn.

Naja. Ich hab mich dann doch ziemlich gefreut, weil nämlich in dem Paket eine Digitalkamera war. Und außerdem hatte José gar nichts gewonnen. Ha. Die Schulden kann ich zwar immer noch nicht bezahlen, aber wenigstens muss ich keine neuen mehr machen. Hab ich gedacht.

Nach der Preisverleihung sind wir endlich dazu gekommen, in Ruhe mein Kunstwerk zu betrachten. Nur stand fünf Minuten vor den Fotos und hat dann gemeint: »I can tell you something. But I need 200 Dollars.« Tom wurde total wütend und hat gesagt, das sei nicht ausgemacht gewesen und er werde ihr keinen Cent mehr geben. Schließlich habe er ihr ja schon 100 Dollar bezahlt. Nur hat darauf gesagt: »So I won't tell you anything.« Tom war völlig verzweifelt und sagte nur: »Nora.« Mit ganz schwacher Stimme. Ich hab gleich kapiert, was er wollte, und hab bloß gedacht, Geld und ich passen einfach nicht zusammen. »Okay«, hab ich gesagt: »I'll give you 200 Dollars.« Nur hat mich angelächelt, meiner Meinung nach total hinterhältig … aber egal. Hauptsache, sie will nicht die Digitalkamera. Dann hat Nur auf das rechte obere Bild in der Ecke gezeigt und gesagt: »This is your place of birth.« Tja. Das kann man nun glauben oder nicht.

Als wir gerade gehen wollten, kam plötzlich Mama auf mich zu. Da hab ich mich umgedreht, hab Tom an der Hand genommen und bin einfach weggegangen. Ich wollte sie nicht sehen. Warum ist Papa nicht da?

Jetzt weiß ich, glaub ich, ob ich lachen oder weinen muss: Ich muss weinen.

Deine Nora, 300 Dollar reicher

Liebe Isolde!

Es ist Spätnachmittag, draußen scheint die Sonne, aber es ist mir egal. Ich liege im Bett und habe Fieber. Eigentlich geht es mir schon wieder fast gut, jedenfalls im Vergleich zu heute Morgen.

Gestern, nach der Preisverleihung, hab ich mich ins Bett gelegt und schon wieder meinen Stein im Magen gespürt. Ich hab mich schlafen gelegt und nicht weiter darüber nachgedacht.

Ich bin eingeschlafen, aber schon bald wieder aufgewacht, weil mir so übel war wie in meinem Leben noch nicht. Alles hat sich gedreht, vor allem, wenn ich die Augen zugemacht habe. Also hab ich Licht gemacht und das Bild an der gegenüberliegenden Wand angestarrt, damit das Karussell in meinem Kopf aufhört. Das Karussell hat aber nicht aufgehört, vielmehr hat auch mein Magen angefangen, Karussell zu fahren. Ich bin gerade noch aufs Klo gekommen. Zurück im Bett ging es mir fünf Minuten etwas besser, aber dann musste ich schon wieder kotzen. So ging das ein paar Mal, raus aus dem Bett, rein ins Bett, bis es mir zu blöd wurde und ich mich auf den Badezimmerboden gelegt habe und auf meinen nächsten Kotzanfall gewartet habe. Es kam alles raus. Und zum Schluss die Galle.

Am nächsten Morgen war es dann ein bisschen besser und ich bin nach unten. Aber unten hat es so schlimm nach Kaffee, gebratenem Schinken und Hörnchen gestunken, dass sich mein Magen gleich wieder zusammengekrampft hat, und ich habe mich an der Rezeption in einen Sessel fallen lassen. Irgendwann kam Tom vorbei, aber ich habe ihn nur verschwommen gesehen und hab nur gesagt: »Mir ist so schlecht.« Ich hab wohl so grün im Gesicht ausgesehen, dass

Tom sofort zu Nick gerannt ist, der mich ins Bett gebracht und mich mit Kamillentee und einer Art Zwieback versorgt hat.

Meine Übelkeit ist besser, dafür hab ich Durchfall gekriegt, und jetzt bin ich so leer, wie man nur irgendwie sein kann. Ich mach jetzt Schreibpause, weil ich so zittrig bin und zu schwach, den Stift zu halten.

Ich habe diesen Brief vier Tage liegen lassen. Weil ich nämlich *richtig* krank geworden bin. Ich hatte hohes Fieber und ich konnte nur noch daliegen. Eigentlich kann ich mich auch an nichts mehr erinnern, nur dass hin und wieder irgendwelche Gestalten an meinem Bett waren und geredet haben. Tom hat wohl eine ganze Weile bei mir gesessen, doch ich habe ihn immer bloß gefragt: »Wo ist Mama?« Das hat ihn so genervt, dass er Mama angerufen und gesagt hat, sie soll kommen. Und plötzlich saß Mama bei mir, und Mama hat mir später erzählt, dass ich immer bloß gesagt hätte: »Wo ist Tom?« Das hat wiederum Mama genervt und so saßen sie schließlich beide da. Und Bernardo hat mich immer mit Orangenlimo versorgt, weil das das Einzige war, was ich vertragen habe.

Obwohl das alles ziemlich schrecklich war, war es doch ganz wunderbar, weil sich endlich mal alle um mich kümmerten. Und ich musste gar nichts machen, durfte wirres Zeug daherreden und einfach bloß rumliegen. Aber wenn ich es so recht bedenke, ist das auch wieder komisch und traurig, denn das heißt ja, dass man erst sterbenskrank werden muss, damit sich mal jemand Sorgen macht. Ich hätte wirklich Lust, ständig sterbenskrank zu sein!

Als es mir ein bisschen besser ging, hat Mama zu reden angefangen.

»Du bist wegen José ziemlich böse, oder?«

»Böse nicht.«

»Aber enttäuscht?«

»Auch nicht. Aber Papa …«

»Papa. Mach dir mal um den keine Sorgen.«

»Er tut mir aber Leid. Du bist hier in San Francisco, lachst dir einen an und er darf auch noch deine Schulden bezahlen.«

»Also. Erst mal ist *er* arbeitslos und nicht ich. Wenn *er* einen Job hätte, hätten wir keines von unseren Problemen. Und zweitens …«

»Du musst dich nicht verteidigen. Ich versteh das bloß alles nicht.«

»Ich verteidige mich nicht. Ich will dir nur was erklären.«

»Was?«

»Dass jeder von uns mal einen Liebhaber haben darf.«

Kannst du dir das vorstellen, Isolde? Mama hat mir dann erzählt, dass Papa auch schon mal eine Liebhaberin hatte, vor acht Jahren. Und jetzt sei eben *Mama* dran. Außerdem hätte sie drei Jahre lang unsere Familie versorgt und total viele Überstunden gemacht. Da hätte sie sich schon ein bisschen Abwechslung verdient.

Ich hab es immer noch nicht verstanden. Irgendwie klang das alles so nüchtern und berechnend. Ich dachte immer, wenn man sich liebt, ist man treu, und wenn man untreu ist, liebt man sich nicht mehr und lässt sich scheiden. Aber anscheinend kann man sich lieben und untreu sein und das alles auch noch vorher absprechen. Mama hat gesagt: »Keine Angst, wir lassen uns nicht scheiden. José ist doch ein kleiner Junge.«

Dann hat sie gelacht. Ich auch ein bisschen, aber richtig erleichtert war ich nicht. Mein Stein im Magen war wieder da. Mama hat weitergeredet: »Ich weiß, dass ich eine Chaotin bin. Und dass ich erst 22 war, als ich dich auf die Welt gebracht habe, ist auch keine Ausrede. Ich werde immer eine Chaotin bleiben. Aber ich werde das Beste daraus machen.«

Hm. Ist ja schön und gut, dass sie weiß, dass sie eine Chaotin ist. Nützt mir aber auch nichts. Das entschuldigt gar nichts. Immerhin sind wir nun nicht mehr völlig verkracht. An Papa muss ich trotzdem ständig denken.

Dann hat sie noch gesagt, ich soll mich in den nächsten Tagen schonen, weil ich in der Rekonvaleszenz bin. Das klingt, als bräuchte ich eine Kur.

Deine rekonvaleszente Nora

Liebe Isolde!

Du wirst's nicht glauben, aber es ist das erste Mal in San Francisco, dass ich Baden bin. Nämlich am Hotel-Swimmingpool. Bisher hatte ich dafür einfach keine Zeit. Ich sitze gerade am Rand vom Pool und schreibe an dich und Tom nervt schon wieder. Eben kam er angekrault und hat sich neben mich gesetzt, deinen Brief voll getropft und gefragt: »Was schreibst du da eigentlich immer?«

»Briefe.«

»Liebesbriefe?«

»Nee. Briefe halt.«

»An wen denn?«

»An Isolde.«

»Wer ist Isolde?«

»Isolde ist meine Freundin.«

»Ihr müsst ja wahnsinnig befreundet sein, wenn du ihr so viel schreibst.«

»Ja. Sind wir auch.«

»Würdest du mir auch schreiben?«

»Dir?«

Und da ist mir eingefallen, dass ich in eineinhalb Wochen nach Hause fliege und die Schule losgeht und Tom dann 800 Kilometer von mir entfernt ist. Und dass ich mir noch nie überlegt habe, ihm auch Briefe zu schreiben.

»Ich schreib dir nur, wenn du endlich aufhörst, hier alles voll zu tropfen.«

»Okay.« Und schon wieder ist ein Tropfen auf deinen Brief gefallen.

»Hey!«

»Okay. Schreibst du mir, wenn ich dir einen Kuss gebe?« Und bevor ich was sagen konnte, hat er mir auch schon einen Kuss gegeben, einen feuchten, kalten auf die Lippen und ich hab dabei die Augen zugemacht. Doch das war ein Fehler. Ich sag dir was, Isolde. Sei bloß nicht romantisch und lass beim Küssen die Augen offen. Tom, der blöde Kerl hat mich nämlich einfach in den Pool geworfen. Mitten im Kuss.

»Ich schreib dir nicht!«, hab ich ihn angeschrien, als ich wieder auftauchte, und hab ihm eine Ladung Wasser ins Gesicht gespuckt. »Nur wenn du mich *ordentlich* küsst.«

Und dann hat er mich tatsächlich *ordentlich* geküsst, ohne Reinschmeißen. Weil wir ja schon im Wasser waren. Dafür hat er mich untergetaucht. Aber irgendwie war diese Seehundküsserei sehr lustig und fast überhaupt nicht peinlich. Küssen ist auch nicht so eklig, wie ich immer dachte, aber das lag vermutlich auch am Wasser, da merkt man nicht so genau, ob's Spucke oder Wasser ist.

Schließlich haben wir uns an den Rand vom Pool gesetzt. Wir haben uns dann noch mal geküsst, aber wieder nicht lange, weil es plötzlich hinter uns geklickt hat. Ich habe mich umgedreht und hinter uns standen Bernardo und Alfred in weißen Kleidern unter einem weißen Schirm. Alfred hat sich mit einem weißen Fächer Luft zugefächelt, und Bernardo hat geseufzt: »Oh my god. I thought it would never happen.« Tom hat die beiden nass gespritzt, worauf Alfred quiekend davongetrippelt ist.

Jetzt liege ich im Bett und kann nicht schlafen, weil ich ständig an Tom denken muss und dass wir uns bald nicht mehr sehen. Dass ich dann wieder zu Hause bin und dann Alltag ist. Das mit dem Alltag finde ich gar nicht so schlimm. Wenn mein Leben immer so wäre wie die letzten Wochen, würde ich das vermutlich nicht überleben. Aber wie überlebe ich ohne Tom? Wie soll ich es nur aushalten, ohne mich wenigstens einmal am Tag mit ihm zu streiten und ihn mindestens einmal am Tag zu berühren? Musst du auch ständig an deinen Andreas denken? Das ist furchtbar, das Gehirn ist ständig so besetzt!

Ach ja. Ich habe mit Nick gesprochen. Er kam am Nachmittag auch noch zum Pool. Die Schmetterlinge im Bauch haben sich gleich wieder in einen Stein verwandelt. Irgendwie war mir Nick immer noch nicht geheuer. Auch, wenn er sehr nett war, während ich krank war. Nick hat mich durch seine Fuckerbrille angesehen und hat sich neben mich in einen Liegestuhl gesetzt. »Nora, ich muss mich bei dir entschuldigen«, hat er gesagt. »Ich war oft unfreundlich zu dir.«

Ich hab gar nicht kapiert, was er meint, und außerdem

konnte ich gar nicht verstehen, dass sich jemand bei mir ernsthaft entschuldigt.

»Du kannst doch nichts dafür. Und ich bin manchmal einfach ein bisschen launisch«, sagte er zu mir. Ich hab nichts gesagt.

»Du kannst wirklich nichts dafür«, hat Nick gesagt.

»Wofür?«

Nick hat gelacht. »Für deine Eltern.«

Ich hab es immer noch nicht geglaubt. Gleich würde er bestimmt sagen: »Und jetzt musst du mir das Geld fürs Krankenhaus geben.« Aber er hat nur gesagt: »Ich hab von Anfang an gewusst, dass die Kasse das nicht zahlt. Ich bin ein Rabenvater.«

Was der Rabenvater mit der Krankenkasse zu tun hat, verstehe ich zwar nicht, doch er hat gesagt: »Ich hab genug Geld. Macht euch wegen der Schulden keine allzu großen Sorgen. Das hat Zeit … Und Haare wachsen wieder.« Nick hat ein bisschen gelächelt, ist aufgestanden und davongegangen.

Erwachsene sind schon komisch. Die sind launisch und mal so und mal so, aber das Einzige, was ihnen dazu einfällt ist: »Entschuldigung. Ich bin halt so.« Haben sie sich mit allem abgefunden? Das kann doch nicht sein. Ich versteh das nicht. Und ich will's auch nicht verstehen.

Deine Nora

Liebe Isolde!

Was ich dir jetzt erzähle, überrascht dich wahrscheinlich überhaupt nicht. Aber mich hat's, ehrlich gesagt, ziemlich umgehauen. Es war also die Nacht, in der ich wegen Tom nicht einschlafen konnte und ich ständig an Toms Augen, seine Nase, seine Lippen und seinen Leberfleck an der linken Schulter denken musste. Da hat es – mal wieder – an meiner Tür geklopft, und ich dachte, was mach ich bloß, wenn plötzlich Tom dasteht und er ins Zimmer kommen will? Was mach ich bloß mit ihm allein zu zweit in einem Zimmer? Ich bin langsam aus dem Bett geklettert und hab überlegt, ob mein Schlaf-T-Shirt vielleicht zu kindisch ist. Es ist nämlich ein Pokémon drauf. Mein Herz hat bis zum Hals geschlagen, und ich hab die Tür aufgesperrt und da stand Papa. Ich wäre fast in Ohnmacht gefallen, denn ich hätte jeden an der Tür erwartet, sogar den amerikanischen Präsidenten oder Freddy Mercury, aber nie im Leben Papa. Außerdem hab ich ihn fast gar nicht erkannt, denn Papa hatte kurze Haare. Papa ist der Mann mit den schönsten langen Haaren, die man sich vorstellen kann. Lockig, seidig, dicht. Und jetzt sind sie ab. Nicht so wie bei mir. Papa war natürlich von meinem Aussehen mindestens genauso verblüfft, und deswegen haben wir beide gleichzeitig gesagt: »Aber wie siehst du denn aus?« Eigentlich wollte ich dann fragen: »Wo kommst du denn her?«, aber wir haben uns einfach nur umarmt.

Ich hab ständig gedacht, das ist ein Traum, gleich wach ich auf, gleich wach ich auf, doch ich war wach und Papa war echt. Dann sagte Papa: »Schönen Gruß von Isolde.«

»Von Isolde?«

»Naja, die hat mich doch hergeschickt.«

Jetzt weiß ich gar nicht, was ich sagen soll. Du hast dir ja anscheinend echte Sorgen gemacht um mich! Aber doch nicht, weil ich dir geschrieben habe, dass ich mir die Pulsadern aufschneiden will? Oder doch? Oh Gott. Das wollte ich doch gar nicht, dass sich jemand solche Sorgen macht und vor allem nicht du!

Jedenfalls hat mich Papa plötzlich gefragt: »Nora, geht es dir gut?«, und ich hab nicht gewusst, wie es mir geht. Gut, schlecht, besser? Ich hab mich für besser entschieden. Eigentlich ist Papa ja ein bisschen zu spät gekommen. Aber vielleicht ist er auch genau richtig gekommen. Wer weiß, ob er das Chaos hier nicht noch größer gemacht hätte.

Papa hat mir über meinen Vier-Millimeter-Haarschnitt gestreichelt und geseufzt: »Euch zwei Weiber kann man keine vier Wochen allein lassen.«

»Dich aber auch nicht.«

»Wieso nicht?«

»Ich sag nur Internet.«

Papa kratzte sich am Kopf.

»Woher hattest du überhaupt das Geld für den Flug?«, wollte ich wissen.

Da hat Papa gelacht. »Hab ein bisschen Schulden gemacht.«

»Aber du hast doch schon so viele Schulden.«

»Weißt du, Nora, ob man 3000 Euro Schulden hat oder 4000, ist egal.«

Hm. So kann man das auch sehen. Papa hat dann noch gemeint, am besten mache man so *richtig* Schulden. Bis zu einer Million seien Schulden nämlich irgendwie stressig. Aber ab einer Million, da beginnt die Freiheit. Weil man sie dann eh nicht mehr zurückzahlen kann. »Man muss entweder eine Million im Plus sein oder eine Million im Minus. Dazwischen lohnt sich das Leben nicht.«

Umso mehr hat mich dann verwundert, als er sagte: »Ich hab jetzt einen Job. Ab Oktober.«

»Als was?«

»Als Nachtportier in einem Hotel.«

»Hast du dir deshalb die Haare schneiden lassen?«

»Auch.«

»Und warum noch?«

»Weiß nicht. Vielleicht aus einem ähnlichen Grund wie du.«

Nachtportier ist ein guter Job für Papa. Er geht sowieso nicht vor fünf Uhr morgens ins Bett. Da kann er auch an der Hotelrezeption sitzen. Fernsehen kann man da auch. Jedenfalls im Hotel Michelangelo. In Deutschland ist das sicher nicht anders. Und ich bin froh, dass er nicht an seinem Projekt »Eine Million im Minus« weiterarbeitet.

Papa hat bei mir übernachtet und am nächsten Tag sind wir Mama besuchen gegangen. Und er hat mir erklärt, warum im offenen Auto die Haare nach vorne geweht werden und nicht nach hinten. Hoffentlich krieg ich's noch hin, also: Man fährt vorwärts und die Luft muss über die Windschutzscheibe. Über und hinter der Windschutzscheibe entsteht eine Strömung. Und unter dieser Strömung ist eine Art Unterdruck. Der muss ausgeglichen werden, und deshalb strömt die Luft, die über die Windschutzscheibe kam, von hinten in das Tiefdruckgebiet ein. Darum weht es die Haare nach vorn. Hast du's verstanden? Papa weiß einen Haufen und das rettet sein Leben.

Jetzt sitze ich im Flugzeug mit Mama. Papa sitzt in einem anderen Flugzeug. Wir fliegen *Air France,* Papa *Allitalia.* Ehrlich gesagt, wäre ich lieber mit Papa geflogen und hab vorgeschlagen, die Tickets zu vertauschen. Aber das geht nicht. Und außerdem hat Papa gesagt: »Wenn *Allitalia* was passiert, bin bloß ich tot.« Das ist nicht richtig zu Ende gedacht. Wenn *Air France* was passiert, sind Mama und ich tot. Eigentlich müssten wir alle in einem Flugzeug fliegen.

Ich denke ständig an Tom, der fliegt morgen. Wir hatten noch einen wunderbaren letzten Tag, ganz ohne Katastrophen. Wir sind sogar noch bei Nur vorbeigegangen und haben ihr Tschüss gesagt. Obwohl sie uns ja beide ziemlich über den Tisch gezogen hat. Weil es ein schöner Tag war, gibt es auch gar nicht viel zu schreiben. Nur schön, schön, schön, schön, schön, schön, schön, schön, schön, schön, aber das ist ja langweilig.

Ach ja. Bald hätt ich's vergessen. Bernardo und Alfred hatten ja noch eine Überraschung zum Abschied. Überhaupt war der Abschied von Bernardo fast so schlimm wie der von Tom. Am letzten Abend haben Bernardo und Alfred mich nämlich in ihr rosa Zimmer eingeladen. Beide waren total in Schale, und sie sagten, zur Feier des Tages müsste ich mich auch stylen. Naja, ich hab dann eben das hellblaue Kleid angezogen. Als Bernardo mir die Tür öffnete, hat er sofort den Finger auf seine Lippen gelegt. Tom saß auf dem Bett mit seinem »Asche-zu-Asche-Staub-zu-Staub-T-Shirt« und hat schon wieder so verdächtig gegrinst. Bernardo ist auf Zehenspitzen zu der Kommode gegangen, auf der die Styroporköpfe für die Perücken stehen. Ich bin hinter ihm hergeschlichen. Die unterste Schublade der Kommode stand ein wenig offen. Und Tom ist mir mit seinem hinterlistigen Blick gefolgt.

Bernardo hat sich über die geöffnete Schublade gebeugt und sie vorsichtig weiter aufgezogen. Noch mal hat er »pssssst« gemacht. Und dann hab ich was gesehen, Isolde. Vier winzige Katzenbabys! Rosie war schwanger und deshalb so fett und träge. Die Babys waren soooo klein und alle weiß, nur eines war schwarz. »This is Nora«, sagte Bernardo und zeigte auf das schwarze. Er würde Nora, die Babykatze, adoptieren, weil er dann immer an mich denken würde. Als Bernardo das sagte, musste ich schon wieder fast heulen. Ich hatte ja eigentlich vor, nie wieder nach San Francisco zu fahren. Aber dann würde ich ja Bernardo nie mehr sehen und sein Kätzchen, das Nora heißt, auch nicht! Oh, Isolde! Jetzt, wo ich das schreibe, werde ich schon wieder ganz traurig.

Ich glaub, ich mach mal Schreibpause. Außerdem kommt die Stewardess mit dem Essen. Es gibt Truthahn mit Pilzen und Nudeln wie beim Hinflug.

Isolde, ich bin jetzt eine FRAU.

Ich hatte schon beim Essen ein kleines bisschen Bauchweh, und ich dachte, hoffentlich wird mir nicht wieder so schlecht, das halt ich nicht aus. Als das Essen endlich abserviert wurde, bin ich aufs Klo gegangen.

Ich habe meine Periode bekommen. Wie schrecklich. Und noch mal schrecklich, weil ich Mama fragen muss, ob sie mir was geben kann. Binde oder so was. Aber ich will Mama nicht fragen. Sie redet ununterbrochen mit ihrem Sitznachbarn. Ein Tempo muss vorerst mal reichen.

Ich schaue zum Fenster hinaus und beobachte die Dämmerung. Die Nacht ist auf dem Rückflug ganz kurz, nur ein paar Stunden, weil wir gegen die Erddrehung fliegen. Ein paar Sterne waren schon zu sehen, und da ist mir eingefallen, dass ich dir noch gar nicht erklärt habe, wie das ist mit dem Universum und warum es nicht unendlich ist. Du kannst dich doch erinnern, dass Mama mir am Pazifikstrand aus einem Buch vorgelesen hat. Wenn das Universum unendlich wäre, dann wären an jedem Millimeter Himmel Sterne. Und hinter jedem Stern wäre wieder ein Stern, unendlich viele, weil das Universum ja unendlich ist. Diese Sterne würden unendlich viel Licht produzieren, also wäre immer Tag. Aber weil das nicht so ist und es die Nacht gibt, ist das Universum endlich. Gut, nicht wahr, der Beweis. Ich liebe logische Dinge.

Später. Wir sind in Paris. Hier müssen wir umsteigen. Wir haben vier Stunden Zeit. Eine Ewigkeit, wenn man todmüde ist und nur auf unbequemen Plastikstühlen sitzen kann. Ich frag mich, wie die anderen das machen. Um mich herum liegen die Leute über mehrere Sitze gebreitet und schlafen in den seltsamsten Positionen. Mama kann auch nicht schlafen. Sie hat sich deutsche Zeitungen gekauft und blättert lustlos darin herum. Ich versuche, nur jede halbe Stunde auf die Uhr zu schauen.

In einer Drogerie war ich auch und fand es sehr angenehm, wieder Euros in der Hand zu haben. Mama hat meinen Einkauf gesehen und gesagt: »Oh, jetzt könnte ich theoretisch Oma werden.« Und außerdem hat sie behauptet, verliebt zu sein kann die Periode auslösen. Ich denke an Tom.

Das war wohl der letzte Brief, du bekommst ihn mit einer französischen Briefmarke. Ab jetzt alles mündlich. In ein paar Stunden bin ich wieder zu Hause.

Deine Nora. Nun eine FRAU. grrrxxx.

P.S. Hahaha. Eben ist mir was eingefallen. Ich schmuggle ja schon wieder. Mama hat nämlich gesagt, dass man elektronische Geräte verzollen muss. Aber wer Müsli nach Amerika schmuggeln kann, für den ist auch eine Digitalkamera kein Problem.

Lieber Tom!

Ich habe drei Tage gebraucht, um eine passende Karte für dich zu suchen, hab aber keine gefunden. Deswegen hab ich mit meiner neuen Digitalkamera ganz schnell ein paar Fotos von Klos gemacht. Hoffentlich sammelst du noch, auch wenn du dein Geburtsklo nun gefunden hast.

Ich sitze hier, trinke Kakao und denke an dich. Es ist Nachmittag, ich gehe wieder in die Schule und komme mir vor, als wäre ich nie weg gewesen. Geht es dir auch so? Es ist hier schon ein bisschen herbstlich, die Tage sind sehr klar, fast so wie manchmal in San Francisco.

Bis bald.

Deine Nora

E-Mail

Lieber Tom!

Bernardo und Alfred wollen nach Wien kommen? Schick sie doch auch bei mir vorbei! Ich hab jetzt übrigens eine Katze. Papa hat mir eine geschenkt. Sie ist noch ein Baby und sieht aus wie die kleine Nora von Rosie, ganz schwarz. Ich hab sie Bernardo getauft.

Deine Nora

E-Mail

Lieber Tom!

du sagst, dir fällt nie ein, was du schreiben könntest. Macht nix. Dann schreib halt wenig. Ich muss viel schreiben, weil ich eine alte Labertasche bin. Außerdem hab ich einen Tipp: Gar nicht nachdenken, einfach losschreiben. Was dir grad einfällt.

Wie lang sind deine Haare? Meine sind schon elf Millimeter. Ich hab ein Foto von mir in den Umschlag gelegt.

Deine Nora

Lieber Tom!

Isolde und ich haben gestritten. Weil sie eifersüchtig ist. Sie meint, ich will was von ihrem Andreas. Und ich würde den Computer nur benutzen, damit ich in seiner Nähe bin. Dabei müsste sie doch am besten wissen, dass ich überhaupt nichts von diesem Andreas will. Wirklich gar nichts. Völliger Quatsch. Ich sitz doch nur an seinem Computer, wenn ich *dir* schreiben will.

Deswegen schreib ich dir besser wieder Briefe und Karten. Und du musst mir auch auf die altmodische Weise schreiben. Sonst verwandelt sich Isolde noch in eine bissige Wildkatze und reißt mir den Kopf ab. Überhaupt. Was Liebe mit einem macht! Isolde hat jetzt blondierte Haare und streitet sich lautstark mit ihrer Mutter. Und sie geht *abends* ins Kino. Nicht mehr bloß in die Nachmittagsvorstellung. Aber von mir will sie gar nicht mehr so viel wissen. Weil sie bloß noch bei ihrem Andreas hockt.

Deine Nora

Lieber Tom!

Isolde und ich vertragen uns wieder. Aber nur, weil sie sich von Andreas getrennt hat. Ist das nicht absurd? Es war vor ein paar Tagen am Nachmittag, als es an der Tür läutete. Da stand Isolde. Völlig aufgelöst, mit roten Augen und ganz zusammengesunken. »Isolde«, hab ich gesagt, »was ist los?« »Andreas, das Schwein«, hat sie nur gesagt, und ich wusste schon, was los war. Zumindest so ungefähr. Ich hab gesagt, sie soll reinkommen, und hab ihr einen Kakao gemacht. Es war seltsam, mit Isolde dazusitzen. Isolde ist selten da, weil ihre Mutter es ja nicht so toll findet, dass Isolde zu mir Kontakt hat. Wir seien nicht der richtige Umgang. Bloß weil meine Eltern nicht studiert haben.

Das Wetter war schlecht, es ist hier schon seit Tagen ziemlich kalt, fast 0 °C, dabei ist doch erst Oktober. Im Radio kam das Lied *It's raining men* in dieser furchtbaren Coverversion von Geri Halliwell, und Isolde fing bei diesem Text sofort an zu heulen, weil es bei ihr überhaupt nichts regnet, und draußen hat es genau in diesem Moment zu schneien angefangen. Fette, weiße Flocken. Untertassengroß. Der erste Schnee im Jahr ist immer was Besonderes, und ich hab mir überlegt, ob es wohl in San Francisco auch manchmal schneit. Ich hab zu Isolde gesagt: »Komm wir gehen auf den Balkon. Schnee kosten.«

»Was?«

»Ja. Schnee kosten bringt Glück. Schnee im Oktober ist ungefähr so wie Regen im Mai. Man wächst, wenn man ihn isst.«

Isolde hat mich seltsam angesehen, aber wir sind auf den Balkon gegangen, haben unsere Zungen rausgestreckt und die fetten Flocken zu erwischen versucht. Isolde hat sich über das Balkongeländer gebeugt und runtergeschaut. Wir wohnen im vierten Stock. »Wenn ich da jetzt runterspringe, ist dieser Scheißkerl sicher total geschockt und wird seines Lebens nicht mehr froh.«

»Sicher«, hab ich gesagt. »Er wird seines Lebens nicht

mehr froh. Aber ich auch nicht. Und du schon gar nicht. Stell dir vor, du brichst dir die Wirbelsäule und sitzt dein Leben lang im Rollstuhl. Das ist der Kerl nicht wert. Und außerdem: Man springt nicht aus dem vierten Stock. Wenn schon, dann aus dem dreizehnten Stock. Mindestens.«

»Danke für den Tipp«, hat Isolde gesagt und schon wieder ein bisschen gelacht. Ich glaube, fette Schneeflocken sind *das* Wundermittel gegen Liebeskummer.

»Was war denn los?«, wollte ich wissen.

»Ach, eigentlich gar nichts.«

»Warum weinst du dann?«

»Naja. Er redet ständig mit so einer Ziege aus der Parallelklasse.«

Oh, Tom. Isolde ist wirklich furchtbar eifersüchtig. Auf alles, was sich bewegt. Ich wollte sie beruhigen und hab gesagt: »Du kannst nicht auf alle eifersüchtig sein, mit denen er redet.«

»Er hat nicht bloß mit ihr *geredet.*«

»Was hat er denn getan?«

»Er hat sie *angeschaut.*«

»Ich schau in der Regel auch alle an, mit denen ich rede«, hab ich gesagt.

»Es war mehr als nur gucken und reden. Er will sich nicht mehr mit mir treffen.«

Ich hab Isolde hilflos angesehen. Was soll man da schon sagen? Wenn sich ihr Freund nicht mehr mit ihr treffen will.

Dass das Leben weitergeht? Dass sie als Oma darüber lachen wird? Das ist doch alles Mist. Selbst, wenn der Mist wahr ist. Und dann ist mir was eingefallen.

»Wenn alles ganz schlimm ist, muss man was Verrücktes tun.«

»Und was?«, hat mich Isolde gefragt.

»Warte.«

Ich bin dann in die Rumpelkammer gegangen und hab das Gummiboot und die zusammensteckbaren Ruder geholt. Isolde hat nur blöd geguckt. »Komm mit«, hab ich gesagt und die Luftpumpe mitgenommen.

Dann sind wir in den Stadtpark gegangen. Dort ist ein kleiner See und ich hab das Boot aufgepumpt.

»Was wird das?«, hat Isolde gefragt. »Du willst doch jetzt nicht auf dem See Boot fahren?«

»Doch«, hab ich gesagt.

»Aber das geht doch nicht, mitten im Winter.«

»Es ist Herbst.«

»Darf man das denn? Ich meine, Gummiboot fahren auf dem Stadtparkweiher?«

»Weiß nicht.«

Schließlich war das Boot aufgeblasen. Es war nur ein kleines Boot. Ich hab das Boot ins Wasser gesetzt und bin reingeklettert. Die Enten haben doof geschaut. »Du auch«, hab ich zu Isolde gesagt.

Wir haben uns mit dem Ruder vom Ufer abgestoßen. Als

wir ungefähr in der Mitte des Weihers waren, habe ich zu Isolde gesagt, sie solle ihren kleinen Delfinanhänger ins Wasser werfen. Den hatte sie nämlich von Andreas bekommen. Isolde hat ihre Halskette aufgemacht und den Delfin mit Schwung ins Wasser geworfen. »Und tschüss. Hoffentlich verträgt er sich mit den Karpfen«, hat sie gesagt.

In diesem Moment haben wir gemerkt, dass das Gummiboot Luft verliert. Und zwar ziemlich schnell. Die Seitenteile waren schon ganz schlapp. »Wir sinken!«, hat Isolde geschrien und ich bin erschrocken. Aber nur ein bisschen. Man kann im Stadtparkweiher nicht ertrinken.

Wir sind auch nicht ertrunken. Wir sind bloß ziemlich nass geworden. Und kalt. Das letzte Stück sind wir an Land gewatet. Wir wären fast gestorben vor Lachen. Am Ufer hat uns bereits ein Mann erwartet, der uns erklärte, es sei nicht erlaubt, im Stadtparkweiher Gummiboot zu fahren. Wir haben ihm gesagt, das hätten wir nicht gewusst und würden es bestimmt nie wieder tun. Zumindest nicht mit diesem Gummiboot. Zu Hause haben wir gebadet und noch mal eine große Kanne Kakao gemacht. Die Schneeflocken waren wieder Regen, und Isolde hat gefragt: »Wann kommt eigentlich Tom?«

Deine Nora

Nina Petrick
Familienlandschaft
Roman
Gebunden, 200 Seiten (80882)

In der Theater-AG, wo Pia die Kulissen malt, spielt Fritz den Prinzen. Im wirklichen Leben auch, er ist der Traum aller Mädchen. Er liebt Pia und Pia liebt Fritz. Doch er will mehr als Pia will … Pia ist hin- und hergerissen, ob er der Einzige und Richtige ist. Und dann ist da noch die Sache mit ihren Eltern, die zusammen die Lemonbar betreiben, und sich seit geraumer Zeit nur noch streiten. Pia weiß, dass sie für ihr Leben auch ein gutes Stück selbst verantwortlich ist und sich den Dingen stellen muss …
Eine Mädchengeschichte, sensibel witzig und ernst zugleich, die von den Irrungen und Wirrungen der ersten Liebe erzählt. Von Küssen, die nach Erdbeeren und solchen, die nach Zwiebeln schmecken.

»Die Autorin scheint noch sehr gut zu wissen, wie es ist, fünfzehn Jahre alt zu sein. Sie redet über Gefühle nicht groß herum, und wir bekommen hautnah mit, wie es dem Mädchen ergeht, dessen Alltag aus den Angeln gerät … Ein sensibel erzählter Roman für Mädchen.« *Brigitte*

»Petrick erzählt locker und ehrlich, führt sensibel in die Gedanken- und Gefühlswelt ihrer Protagonistin ein.« *Berliner Morgenpost*